CHAMELLE

MARC DURIN-VALOIS

Chamelle

ROMAN

JC LATTÈS

© Éditions Jean-Claude Lattès, 2002.
ISBN : 978-2-253-11160-3 – 1re publication LGF

1

Si le vent soulève au loin les sables et en fait des volutes, c'est que l'eau manquera bientôt partout.

Jamais ce vent chaud n'était venu jusqu'ici. Plus loin à l'ouest, oui. C'était arrivé. On avait vu les hommes errer comme des spectres desséchés, les lèvres et la langue si blanches qu'ils semblaient vomir du lait. Mais, ici, en douze ans, jamais.

L'un des petits a pris une grande cuillère en bois et tape contre le bidon, en haut et en bas. Cela fait tchic-toc-tchic-toc. Sur la crête d'une dune de terre rouge, Mouna et les enfants se sont mis à danser. Je n'ai pas le cœur à les rejoindre.

— Vas-tu venir, Pouzzi ? me lance la petite.

Les gamins entourent leur mère qui balance sur ses pieds nus. Au loin, entre les hauteurs qui serpentent à l'horizon, se glisse le soleil déclinant. Il vient peindre d'une lueur orange la savane pelée. Une branche épineuse s'enfuit, soulevée par la poussière dense. À hauteur de cheville, elle court sur les herbes sèches et un sol qui se dénude en plaques terreuses.

Ce vent fort et chaud ne me dit rien de bon. Voilà

au moins une vingtaine de jours que la saison sèche aurait dû se terminer.

Viennent sans se presser deux de nos voisins. Eux aussi se mettent à danser, ajoutant leurs longues silhouettes à celles des enfants. En contre-jour, cela fait comme un grand insecte sombre agitant ses antennes annelées sur le haut de la dune.

— Rejoins-nous, m'appelle à son tour Mouna.

Je fais non de la tête.

Les uns après les autres, les puits se tarissent. La source sur laquelle est installé le village ne donne plus rien. On cherche l'eau dans toutes les directions. Aujourd'hui avec Chamelle j'ai parcouru la savane au sud. Il m'a fallu plus de quatre heures pour trouver un puits et revenir. Encore l'eau était-elle grise. Le seau frottait tout au fond. Demain, à cet endroit, tout sera sec.

Déjà, les hommes passent et ne s'arrêtent plus au village. Ils fuient l'ouest, poursuivent leur route sans ralentir, hagards, entourés d'enfants, de quelques animaux parfois. Ceux qui n'ont pas de chameaux n'iront pas loin. On chasse certains clans avec de grands gestes, des poings tendus. Quand il s'agit de familles amies, on leur donne du thé sucré. Quand on peut. De toute façon, ils ne demandent pas plus. Ils savent bien que nous n'avons pas grand-chose.

Depuis le début de la saison sèche, je n'ai plus d'élèves. J'ai rangé dans une des cahutes le tableau noir et un petit tas de cailloux crayeux. J'ai gardé un des quatre cahiers pour moi. J'écris tout petit.

Cela économise des pages. Je n'utilise pas encore les stylos que m'a vendus l'année dernière un nomade de passage. Pour le moment, je me sers d'un pinceau dur. Je le trempe dans une encre très noire que je fabrique avec des excréments de brebis. Je m'en sers encore aujourd'hui.

Même les gamins du village ont déserté la classe. Ils n'ont plus le temps. Eux aussi cherchent l'eau. Il y a peu, on m'apportait dattes, haricots, fèves. Il est arrivé qu'on me remercie avec une poule – mais le petit Kizou, en la mangeant, a failli en mourir – et même une chèvre que nous avons appelée Imi. Aujourd'hui on serait bien en peine de me payer.

Plus personne ne vient ici. Il ne reste que ces ombres, dont on voit les silhouettes au loin s'enfoncer dans les immensités jaunes.

Continue ta musique, Ravil. Vous les petits, au large. Me voilà ! Quand les choses menacent, il faut danser. Le corps s'agite pour rien. Ni contre la faim, ni contre la soif, ni contre la peur. Mais pour rien. Et ce rien-là chasse peu à peu les dangers comme de vains fantômes. Ne reste que Dieu.

— Enfin, Pouzzi est avec nous, s'exclame Shasha en faisant tourbillonner un bout de tissu qu'elle a mis crânement autour de la taille.

Je martèle à mon tour le sol, non sans demander à la petite, pour la millième fois, de ne plus m'appeler Pouzzi.

L'insolente a tout juste sept ans maintenant.

Quand elle est née, j'ai vu que c'était une fille. J'allais, le même jour, l'emporter derrière le village pour l'étouffer et la bénir en l'enterrant sous les pierres. Dans le silence lourd de la cabane où Mouna venait d'accoucher, l'enfant avait poussé un cri. Soyeux. Profitant de quelques minutes d'inattention de ma part, sa mère s'était enfuie. Je l'avais cherchée partout pendant trente longs jours dont elle était revenue, amaigrie et silencieuse, le bébé endormi sur son dos, tenu par un long foulard bleu en percale. Ce jour-là, je me souviens d'avoir détaché doucement l'enfant, et amené Mouna dans le cabanon. Là, pendant une journée entière, je l'avais rouée de coups. Puis, comme il était trop tard pour tuer la petite, nous convînmes de l'appeler Shasha.

Sérieuse et concentrée, Mouna remue à peine. Sa cambrure suit pourtant la cadence. Que tu es belle, ma femme Mouna, qui sourit et ne quitte pas les enfants du regard, du plus grand au plus petit. Ravil, l'aîné, qui tape comme un sourd sur le bidon, Ako, le deuxième, qui saute sur place, la petite Shasha qui tourbillonne, et Kizou qui promène ses quatre ans d'un coin à l'autre de la dune. Bientôt nous rejoignent les autres familles, le village presque tout entier est là, cinquante hommes, femmes, enfants. Nous nous agitons en rythme un long moment. Puis Ravil donne trois grands coups forts et brefs sur le bidon. Et s'arrête. Alors tous se saluent et, comme une nuée de sauterelles, s'éparpillent pour traire les bêtes et vaquer avant le repas.

Quand le soleil couché ne laisse plus que des traînées de feu dans le ciel, quand la prière est faite, alors sur les nattes de paille attendent les enfants. Assis, ils sont sages, et leurs ventres creux gargouillent, leurs yeux attentifs se posent sur la galette de mil, le fromage de brebis et le thé au miel, couverts de mouches, dont ils hument, les narines dilatées, les senteurs mélangées. Personne ne se dispute. Les parts sont petites, chacun les examine longuement. Ravil prélève un petit morceau à Shasha, le donne à Kizou. Après ces découpes silencieuses, c'est la mère qui donne le signal pour manger. Tout disparaît alors en quelques secondes dans la bouche des enfants qui grattent le tapis pour récolter les miettes oubliées.

Leurs visages déçus et creusés se tournent ensuite vers nous. Et, comme tous les soirs, Mouna dit fermement, presque en criant :

— C'est fini. Allez-vous-en !

Shasha est déjà partie, courant, pour jouer avec sa chèvre Imi, bientôt poursuivie par ses deux frères. L'aîné, lui, reste assis entre nous. Il a douze ans, c'est bientôt un homme, il sera initié avant la fin de la saison sèche. Si tout va bien.

Imi est dans un enclos, pas loin de Chamelle. Elle nous a été donnée il y a quatre ans. Mourante, pour la viande. À force de soins, la petite chèvre a survécu. Couplée à un bouc du village voisin d'Assouh, elle a même mis bas trois chevreaux. Le mâle, on l'a mangé. Mais les deux autres chèvres ont produit quatre autres petits, puis deux autres encore.

Dans son espace, Imi mène le monde à petits coups sévères de tête et de cornes. Quand les enfants arrivent, elle se fait douce et leur lèche les joues et les mains. Shasha et Kizou viennent s'allonger contre son flanc, tentent de sucer ses pis et lui racontent d'interminables histoires. Elle fait « Bêêê », comme si elle comprenait, et les gamins de rire. Plus loin, sont réunies les brebis. Douze au total que nous faisons saillir régulièrement et qui donnent du lait.

Et il y a Chamelle enfin, qui rumine sans fin, et grogne, et ronfle, et gratte le sol, et blatère, de mauvaise humeur contre tout, contre le ciel, contre la terre, contre ce maudit vent qui lui souffle dans les narines quand elle broute les herbes rares, et contre ceux qui lui ont volé son chamelon pour lui substituer une vilaine poupée de chiffons.

Ainsi ai-je un peu de bien. On est toujours le riche de quelqu'un. Les Massoko ont beaucoup plus que moi, leur troupeau de chèvres et de brebis compte trente têtes. Ils ont même deux ânes. Mais aucun chameau. Ils n'en ont jamais voulu car cela ne rapportait pas assez. Depuis quelques jours, le vieux Massoko en cherche sans succès dans toute la région. Il n'en trouvera pas. Moi, pour acheter Chamelle, j'ai dû attendre plus de six ans. Et si nous devons quitter le village, lui et les siens seront les plus démunis d'entre nous.

Ainsi va la vie et ses richesses.

— La paix soit avec toi, Rahne.

C'est notre voisin Dukka qui s'approche du petit feu de racines où chante la bouilloire. Je l'invite à s'asseoir et boire le thé. Mouna et Ravil s'éclipsent. Un peu plus jeune que moi, l'œil noir et le teint sombre, il est mon ami, presque un frère. Je le regarde en souriant. Lui est grave. Au nord, il n'a pas trouvé d'eau. Et à l'ouest, me confie-t-il, les clans locaux ont promis de décapiter quiconque s'approcherait de puits déjà presque secs.

— Au sud, dis-je, j'ai bien trouvé une source à quatre heures d'ici. Mais le seau raclait déjà la terre.

Il hoche la tête. Les mouches bourdonnent, une chèvre s'agace de quelque chose et bêle. La nuit est tombée. Nuque baissée, chacun réfléchit. Quand la sécheresse dure, celui qui bouge trop tard meurt : il n'aura pas le temps de trouver un puits. Celui qui part trop vite aussi : il n'aura pas la force de rebrousser chemin. En tournant lentement, du nord au sud et de l'est à l'ouest, on trouve une multitude d'options possibles. Et il n'y a que Dieu à savoir exactement où est l'eau. Ou alors les méchants qui, par un fait exprès, se retrouvent toujours près des zones fraîches. On évoque toutes les possibilités. Si les puits sont à plus de six heures de route, il faut partir tout de suite. Mais vers où ?

Nous nous séparons, tard, sous un ciel violacé. Comme un œil à demi ouvert, la lune blanchit la savane et les dunes. À travers les étendues immenses et blafardes que ferment au loin les montagnes sombres du pays noir, le vent chante doucement. C'est comme une menace douce, susurrée à voix basse. Demain il fera terriblement chaud.

Je me glisse sans bruit dans notre cabanon.

Quand je l'ai construit il y a un peu plus de quatorze ans, je pensais ne rester que quelques mois. Depuis, je l'ai agrandi chaque fois qu'un nouveau-né arrivait. Il fallait ajouter sur le toit un autre bout de tôle, cela ne se trouvait pas partout. Nous avons aménagé l'intérieur avec les nattes, un grand espace pour les enfants, un plus petit pour Mouna et moi, afin que chacun ait ses aises. Ce soir, profitant de mon absence, tous les gamins sont venus se serrer contre leur mère. Enchevêtrés, ils dorment confiants. À entendre leurs respirations irrégulières, ces infimes parts de vies frémissant dans la pénombre, ces sifflements tendres qui répondent sans le savoir à la menace, là-bas, le souffle du vent qui au-dehors poursuit ses imprécations terrifiantes à voix douce, un nœud m'étrangle lentement la gorge. Je m'allonge sur le côté, seul, dévoré de pensées.

— C'est quoi ce bruit ? demande Ako qui, inquiet, s'est mis d'un coup sur son séant et se laisse retomber sur sa couche, déjà rendormi.

Dors, petit Ako.

Si, demain, le jour pouvait ne jamais venir.

Dès l'aube, je suis parti avec Chamelle. Le vent s'était tu. La savane ponctuée d'arbustes épineux et d'acacias solitaires semblait pétrifiée.

J'ai cherché partout. J'ai erré, erré dans les dunes et les collines pelées de ce maudit sud, écrasé par

14

la chaleur, qui était comme la bouche ouverte du diable. Mais je n'ai rien trouvé.

À plusieurs reprises, j'ai été appelé par des hommes me hélant au loin. Je ne suis pas allé les voir. Je ne pouvais rien pour eux.

J'ai trouvé sur ma route un signe inquiétant. La carcasse d'un chameau mort que les charognards et les oiseaux avaient déjà en partie dévorée. J'ai regardé les traces. Elles venaient du sud. La sécheresse est si grave qu'elle s'est donc bien emparée de toute la région. Je connais ces choses-là, je les ai étudiées.

Au soir, je suis revenu avec d'autres villageois. Bredouilles eux aussi.

Mouna m'attend, debout, l'aîné à ses côtés. Autour d'eux, les enfants silencieux jouent. Je dis simplement :

— Il faut partir.

Le visage de Mouna se contracte. Un instant fugitif. Une expression que je ne lui connais pas. Puis elle hoche la tête et part réunir nos affaires. Ravil la suit, les yeux ronds et absents, sans dire un mot. Dans tout le village, on se prépare, les femmes s'agitent devant les cahutes d'argile. Seuls les Massoko restent. Ils n'ont pas le choix. Ils espèrent vivre du sang et du lait de leurs bêtes en pariant que l'eau viendra avant qu'ils ne meurent.

Les trois petits, excités par toute cette agitation, sautillent sur place. Ako est parti chercher un grand morceau d'étoffe qu'il a étendu à plat sur la terre. Perplexes, Kizou et Shasha examinent leur frère avec l'attention que l'on porte à un nouveau jeu. Il installe au centre du tissu un morceau de savon, plusieurs bouts de bois, l'image sculptée d'un prophète qu'un nomade lui a donnée, quelques billes de grès, un petit couteau en corne, et puis d'autres broutilles qui sont les trésors incompréhensibles des enfants. Ensuite, il ramène les quatre coins du tissu vers le centre, fait deux nœuds entre lesquels il glisse un bâton, et met le tout à l'épaule.

— Voilà, dit-il fièrement aux deux petits, qui, les yeux brillants, courent demander à Mouna d'autres bouts de tissus.

J'avale rapidement quelques boulettes de mil et pars à l'assemblée du soir. Nous nous réunissons devant une grande hutte ayant appartenu autrefois à une famille décimée par la fièvre des moustiques. Personne n'a plus jamais voulu l'habiter.

Les hommes du village sont là, une quinzaine, le visage préoccupé. Il y a un long échange de politesses, comme il se doit. Vas-tu bien ? Oui, je vais. Et toi, Rahne, tes enfants se portent-ils bien aujourd'hui comme hier ? Oui, Nazuri, que la prospérité soit avec toi. Et ainsi de suite. Comme si ces longues salutations pouvaient tenir à distance, dans une forme de mépris, toutes les menaces accumulées. Les débats s'engagent, entre deux qui veulent prendre la route du nord, et les autres qui préfèrent partir au sud.

— Plus on avance vers le sud, ai-je alors objecté

à tous, plus le sol se fend. Le nord ne vaut pas mieux. La seule voie de salut, c'est l'est.

Il y a un long silence, un peu sidéré. Je suis le seul ici à savoir lire et écrire, à avoir vécu autrefois dans une grande ville. Très vite pourtant, on me rétorque que je perds la tête.

— À l'est, tu ne trouveras que la misère, dit Dukka, en secouant la tête.

— Et les pillards, ajoute un autre.

J'explique qu'on peut traverser les dunes en dix ou douze jours, et s'installer ensuite derrière la frontière, près des lacs. Que la route vers l'eau est deux fois plus courte que par le sud. Un homme m'écoute intensément, hésite. C'est Assambô.

— Vous mourrez tous en route, reprend Dukka avec inquiétude. C'est la guerre là-bas.

Je rétorque que la sécheresse sévit partout. Je les implore de me suivre. Que sinon le sud sera leur tombeau à tous. Ils ne se laissent pas convaincre. Seul Assambô, indécis, dit qu'il va prendre l'avis de sa femme Salimah.

Nous échangeons d'interminables vœux pour le voyage. Dukka tente de me faire changer d'avis, puis me serre contre lui. Le vieux Massoko, pour se donner du courage, conclut les bénédictions en promettant :

— Nous garderons le village et vos maisons.

Gênés, tous se taisent.

Je retrouve Mouna et les enfants devant la cabane. Le peu que nous avons a été rassemblé dans des ballots, tenus par des nattes, des couvertures et des tissus. Les yeux brillants de fatigue et d'excitation, chaque enfant a ficelé un petit bagage. Ne manque que la petite.

— Où est Shasha ? dis-je agacé. Shasha !

Sa voix fuse soudain de derrière une cahute abandonnée dont il ne reste que des pans de murs.

— Me voilà, Pouzzi ! lâche-t-elle en apparaissant.

Elle fait un entrechat, tourne sur elle-même, fièrement. Elle a mis son habit rouge, celui des grandes occasions, lorsque nous partons au village d'Assouh, pour le marché, une ou deux fois par an. À nouveau, elle rit. Pour elle, partir a toujours signifié une fête. Abasourdis, Mouna et moi ne bougeons pas. Alors, heureuse de son effet, elle esquisse quelques pas de danse.

— Tu vois, maman, j'ai mis ma robe.

« Je marcherai avec ma belle robe, répète-t-elle, la gaieté continuant à rouler dans sa gorge.

Alors Mouna, sans un mot, sans un soupir, cache son visage au creux de mon épaule et pleure sans bruit.

— Ne t'inquiète pas, lui ai-je chuchoté. Je vous amènerai tous là-bas vivants.

Au-dessus de nos têtes, les étoiles scintillent.

2

Nous sommes partis dans la nuit bleutée.

Chamelle ouvre la voie, je marche à côté d'elle. Elle est chargée, mais pas trop. De l'eau, des ballots, des vivres, c'est tout. Il faut la ménager.

Mouna porte sur son dos le petit Kizou, endormi. Suivent les chèvres conduites par Ravil. Dès que l'une d'entre elles s'écarte ou ralentit pour brouter l'herbe jaune, le garçon crie et le bâton s'abat d'un coup sec. Shasha a gardé sa robe rouge. Personne n'a eu le cœur de lui demander de l'enlever. Elle accompagne la petite chèvre Imi en lui passant ses doigts sur l'échine. Ou en lui parlant de temps en temps à l'oreille. Les brebis sont menées par Ako. Avec la fatigue, son regard s'est figé peu à peu.

Sur ses talons vient la famille d'Assambô qui a finalement décidé de partir avec nous. L'ordre de marche est semblable : d'abord l'homme et le chameau, puis les six chèvres, les trois enfants qui sont en bas âge, et enfin Salimah. Ils ne possèdent pas de brebis.

J'ai fait un rapide calcul. En avançant à pas accélérés, nous devrions atteindre la source vers le soir.

On boira là-bas jusqu'à plus soif avant d'aborder le désert. Il faudra avancer d'une traite pendant trois jours jusqu'à une réserve d'eau dont on m'a parlé, avant d'entamer la deuxième partie du chemin, sur quatre jours environ. Nous devrions atteindre, sains et saufs, la région des lacs trois jours plus tard. En chemin, quelques brebis vont sans doute périr. Ce sera impossible à éviter.

Voilà plusieurs heures que nous avons quitté le village. L'aube s'est levée. Le soleil face à nous émerge maintenant des deux tiers, embrase le ciel et noircit le sol devant nous. C'est une boule d'un orange ondoyant, aux contours indécis, dont la morsure sur les yeux reste supportable tant que les nuages, comme des gazes de linge suspendus dans l'air, filtreront la lumière. Mais dans une heure au plus, il faudra marcher les yeux baissés, la tête enveloppée de turbans.

La savane, vide et immense, est encore endormie. L'humidité de la nuit s'enfuit en une vapeur brumeuse qui court sur les surfaces craquelées. On entend, de loin en loin, des grillons, cachés dans les herbes ou les arbustes secs, accompagner notre passage par leurs chants. Et puis les chèvres et les brebis qui bêlent, on ne sait trop pourquoi. Et, en bruit de fond, toujours le pas sourd des hommes, des chameaux et des bêtes.

J'ai expliqué à Assambô qu'il valait mieux partir

le plus tôt possible, en profitant de la douceur de la nuit.

— Les étoiles éclairent le chemin, il n'y a aucun risque de se perdre. Et nous irons rapidement.

C'est ce qui s'est passé.

La route se lit facilement entre les dunes de terre blanchies, les acacias posés dans le paysage comme de grands oiseaux noirs et les rochers ronds aux reflets de métal. Les enfants sont fatigués par le manque de sommeil, mais ils le seraient davantage sous le soleil. Les chèvres cavalent sans peine dans la pénombre. Dans quelques heures, nous nous reposerons sous de grands palmiers qui baignent d'ombres les alentours de la source. J'ai fait le seul choix réfléchi. Assambô le sait, qui me fait sans réserve confiance depuis le départ.

Les autres courent à leur perte. Comment leur expliquer que j'ai longtemps enseigné les méandres de la géographie, le lent mouvement des continents, la rigueur des saisons, les jeux subtils des vents, et les caprices des pluies ? Je connais tout cela, conforté par quatorze années de vie au contact de ces savanes alternativement vertes ou desséchées. Je sais que toute la région, sud compris, n'a plus d'eau. Pourquoi ne m'ont-ils pas écouté ? Sans doute, à cause de leur méfiance envers les hommes passés par la ville. Ou envers ceux qui lisent. Ou les deux à la fois. Incultes, ils agissent en incultes. Je ne peux pas leur en vouloir.

— Ako a perdu quelque chose ! crie Ravil.

J'immobilise avec difficulté Chamelle qui, têtue,

veut, envers et contre tout, poursuivre son chemin. Je m'aperçois alors que le convoi s'est scindé en deux. À une trentaine de mètres, Ako s'est arrêté. Il a paralysé du même coup les brebis, et derrière elles, la famille et les bêtes d'Assambô.

— Qu'est-ce que tu fais ? dis-je en me retournant.

Il ne m'entend pas et cherche quelque chose sur le sol, préoccupé. Pendant ce temps, profitant de la halte, Kizou, accroupi, fait pipi sur le côté, les yeux clos, encore en sommeil.

— Ako, reprends ton chemin !

— J'ai perdu ma sculpture.

Il a l'air désemparé. À nouveau, il cherche dans ses affaires, puis dans les herbes, fait quelques pas sur les côtés.

— On n'a pas le temps, Ako ! déclare à son tour Mouna.

— Je t'en achèterai une autre, lui promet Assambô qui, derrière, patiente à côté de son chameau.

Mais le petit secoue la tête, le visage tiré. Il regarde une nouvelle fois à terre.

— C'était le visage du prophète, dit-il d'une voix inquiète en remettant le balluchon au bout de son bâton.

Et le convoi reprend sa route.

Ako a tout juste dix ans. Très grand, le crâne rasé à cause des poux, la peau sombre, il va, torse nu, un tissu sur la tête. Il est maigre avec des membres de chat, longs et souples. Entre la base du nez et la lèvre supérieure, un bourrelet lui apporte, selon les angles, un air timide ou grognon. Des quatre enfants, c'est lui le plus imprévisible. Il est né anxieux de quelque chose. Son aîné de deux ans, Ravil, a parfois la même expression. Mais lui évalue les choses à leur juste valeur. Quoi qu'il en soit, ce sont des garçons qui ne se battent pas, qui ne volent pas. Nous les avons bien élevés. Ils n'ont jamais manqué ni les prières, ni – forcément – la classe. Ils savent lire et compter. Cela leur laisse une chance pour plus tard.

Le savoir donne un prix à la peau. Je l'ai toujours dit.

Ceux qui se sont moqués de moi vont le regretter. Mais cette terrifiante revanche ne me réjouit pas.

D'un mouvement imperceptible, le soleil a chassé les nuages, s'est empli de feux et d'éclairs, s'est haussé au-dessus de l'horizon comme une arme braquée sur nos fronts. Il cuit et recuit nos joues et nos crânes, chauffe les vêtements et la peau nue, dans un étouffant corps à corps et des caresses brûlantes. Le petit Kizou s'est réveillé, a voulu quitter Mouna, s'est ébroué comme un chiot tandis que la caravane poursuivait son chemin. Alors, il a couru pour la rattraper, a dit une fois, sans élever la voix :

— Chaud...

Puis s'est tu. Et depuis, les paupières gonflées, il marche vaillamment en tenant la main de sa mère.

Pour leur donner à tous du courage, je décris la

région des lacs, les grandes herbes aux senteurs de menthe qui ondulent dans le vent, les feuilles vineuses de patates, les pieds de maïs hauts comme la taille d'un homme, les énormes courges jaunes maculées d'ombres vertes. L'eau partout. Et des fruits, bananes, oranges, mangues, ananas, amandes qui fourmillent de couleurs, et d'autres qu'ils n'ont jamais vus, juteux et sucrés, et puis des plantes, cacao, cannelle, café, girofle, cardamome, safran, et encore des animaux innombrables et heureux, accompagnés de *dikdik*, ces antilopes aux flancs argentés qui ont la taille des lièvres.

— *Dikdik*, répète Kizou, réjoui, qui aime le mot et sa sonorité.

Mouna écoute, concentrée, avec sa manière bien à elle de se déplacer. Elle se déhanche comme une chaloupe sur une mer tranquille. Cela vient de ce qu'elle a coutume de porter beaucoup de sacs, de ballots, de cuvettes sur le haut de la tête. Elle économise ainsi ses efforts, le dos droit, le visage sans expression, comme mue par une force qui lui est extérieure. On la croirait capable de traverser, jour après jour, toute la savane et les déserts sans marquer d'épuisement. Il y a quatorze ans déjà, elle errait dans les collines pelées autour du village, chassée par la misère et la famine de l'ouest, sa famille décimée. Elle était d'un clan ami, je l'ai trouvée belle. Elle avait seize ans, moi trente. Aujourd'hui, elle a mon âge d'autrefois. La voilà repartie à travers les étendues désolées. Que peut-elle penser ? De toute façon, ces choses-là ne se demandent pas. Et puis n'est-ce pas notre sort, à nous les pauvres, d'être toujours prêts à fuir ? Moi, quand j'ai déguerpi de la capitale, j'ai dû abandonner ma première femme et mes deux enfants emprisonnés par les forces gouvernementales. Je savais qu'ils iraient grossir les charniers de l'armée. Je ne pouvais plus rien pour eux. Ils étaient condamnés. C'est ainsi, la vie retourne, brasse et broie les heures et les chairs. Cela recommence chaque jour. Personne n'y peut rien.

— Rahne, ils n'y arrivent plus, m'alerte Mouna.

Elle a raison. Kizou marche et pleure malgré lui. Plus loin, Ravil et Ako, le regard vague, avancent comme des automates. Shasha s'est mise presque nue, un tissu grisâtre autour de la taille, la robe rouge sur l'épaule. Astucieuse, elle a tenté à plusieurs reprises de grimper sur le dos d'Imi. Qui décampe chaque fois en chevrotant.

En tirant sur le licol, j'essaie de bloquer cette carne de Chamelle, qui veut poursuivre sa balade, râle, renifle, frappe des pattes avant, des pattes arrière, agite le cou, me traîne à moitié jusqu'à ce que je sois obligé de me placer devant elle, la freinant avec mon dos et mes pieds, tandis qu'elle continue, furieuse, à donner des coups de tête, puis finit lentement par fléchir les antérieurs, non sans lâcher un grondement sourd, du fond de la gorge, qui ne finit pas. De toutes les chamelles du monde, je crois bien que la nôtre est la plus butée !

Shasha m'a rejoint, se moque, et tape des mains.

— Venez tous, Pouzzi se bat avec le chameau !

Les enfants se retrouvent en tête du convoi, se détendent et rient avec leur mère. Assambô, sa femme et leurs trois gamins nous rejoignent. On prépare un court repos, sous un grand acacia. Les chameaux restent sur place, au soleil, les antérieurs entravés et tenus par un piquet que l'on enfonce dans la terre. Les chèvres et les brebis s'égaillent, on les retrouvera facilement. Mouna mène le monde, traie les bêtes, aidée par Salimah, la femme d'Assambô. C'est la plus belle femme du village, vingt-cinq ans à peine, les cuisses longues et pleines, les seins très tendus sous l'étoffe, le visage fermement dessiné qui s'éclaire d'un sourire de chatte moqueuse ou attentive.

Les enfants jouent ou se disputent, tandis que les plus petits s'endorment quelques instants sous l'arbre.

— Tu nous embêtes avec ta statue, criaille Shasha en direction de son frère.

— Je t'en fabriquerai une, dit Ravil gentiment.

Mais Ako ne se console pas, secoue la tête, et va marcher seul aux alentours.

Je m'occupe de Chamelle, examine ses pattes, la bosse bien pleine, donne un coup de brosse sur son pelage. Elle se laisse faire, visiblement satisfaite, gratte le dessous de son cou contre ma tête et mes épaules tandis que je m'affaire. Elle vient de Jumbabassa, là où les bêtes sont les plus résistantes et les plus belles aussi. Leurs poils abondants et soyeux sont blancs avec, çà et là, des reflets de rouille.

26

Shasha vient près de moi, s'accroupit pour nous regarder.

— Elle est fatiguée ? demande-t-elle finalement, un voile de lassitude sur la voix.

— Non, dis-je. Elle peut aller des jours et des jours, sans boire, ni manger.

— Elle aime cela ?

— Regarde comme j'ai eu du mal à l'arrêter, dis-je en vérifiant l'élasticité du ventre et des flancs.

Un temps de silence.

— Pourquoi tu l'as appelée Chamelle ?

— C'est un dromadaire. Un chameau avec une bosse, quoi. Je n'ai pas eu d'autre idée, fais-je avec une moue.

Elle réfléchit un temps, puis dit avec malice :

— Alors moi, par exemple, tu aurais pu m'appeler : fille. Ou encore Imi : chèvre...

— Va-t'en, dis-je, agacé.

Mais elle a déjà tourné les talons en riant, et je ne vois plus que la peau rose et tendre de ses pieds qui détalent.

Quand tout le monde est enfin réuni sur les nattes de paille, à l'ombre de l'arbre, Mouna installe une grande bassine de lait et sort deux outres pleines d'un thé épaissi de sucre, de mil concassé et de lait caillé. De nulle part, surgissent soudain des ombres. Ce sont des gamins qui restent à distance et nous lorgnent, sans un mot. Je ne sais d'où ils viennent. Il n'y a rien aux alentours. Mais dans la savane, le rien n'existe pas. En quelques minutes, dans des solitudes désolées, apparaissent toujours des hommes et des bêtes, venus de villages invisibles en nids de guêpes, cachés au creux de longues dunes de terre. Ceux-là n'appartiennent pas à un clan que je connaisse. Je ne sais pas qui ils sont. Assambô a caressé sa longue machette qu'il tient toujours à portée de main. Pourtant, ils n'ont pas plus de dix ans, nous ne risquons pas grand-chose. Sauf peut-être d'être volés. D'un signe discret, je demande à Ravil de veiller sur les bêtes dispersées aux alentours. Mais ces enfants ne bougent pas, ne jouent pas, ne rient pas. Ils sont serrés et nous scrutent, hypnotisés. Nous faisons circuler la bassine et les outres, buvant à longues gorgées, les uns après les autres, sans parler, gênés par ces spectateurs muets dont les yeux exorbités et lumineux sont comme des fruits noirs.

— Ils crèvent de faim, me glisse à mi-voix Assambô.

L'un d'eux ouvre la bouche, et pointe son palais en direction de Ravil qui, buvant à longs traits, s'interrompt et le considère, interdit.

— Ils sont malades. Je ne veux pas qu'ils touchent aux outres, réagit aussitôt Mouna.

Le garçon à nouveau écarte les lèvres, pointe l'intérieur de sa gorge, les sourcils froncés, les yeux mi-clos, concentrés sur ceux de Ravil. Au bras, trois entailles très dessinées, de même longueur, sur lesquelles viennent boire des mouches.

— Ne donne rien, si le peu que tu donnes en

manquant doit te tuer, dit alors un vieil homme qui s'est approché et assiste à la scène, appuyé sur un bâton, l'air fiévreux.

C'est un proverbe de nos contrées. Mais l'homme n'a pas proféré les formules de politesse, je ne sais pas plus quel est son clan. D'un geste vif, toujours assis, Assambô a rapproché la machette de ses pieds.

— La paix soit avec toi. De quelle famille es-tu ?

Il crache par terre.

— Où allez-vous ? demande-t-il sans me répondre.

— Dans les Pays Blancs, lui dis-je.

C'est ainsi que l'on appelle les déserts. Il tient à peine sur ses jambes, amaigri, malade sans doute.

— C'est bien, la paix accompagne vos pas.

Et il rit. Puis se tait.

Nous réveillons les enfants endormis, et réunissons chèvres et brebis. Aucune ne manque à l'appel. Les chameaux se redressent. Toujours à distance, les gamins étrangers nous contemplent, le vieil homme aussi.

— Il reste un peu de thé, prévient Mouna. Qui doit le prendre ?

Chacun hésite car la répartition doit être juste.

Sans un mot, Ravil s'approche de sa mère et lui prend doucement l'outre. La tête renversée, il aspire à longs traits et gonfle ainsi ses joues des dernières gorgées. Puis, la tête déformée, comme un lézard, les lèvres crispées pour que rien ne s'échappe, il vient vers le garçon au bras entaillé, prend son visage à deux mains, et, les yeux dans les siens, l'entraîne sans brutalité vers le sol, le fait fléchir, plier à genoux, et le renverse en arrière, une main sur sa gorge, jusqu'à ce qu'il ait la nuque contre terre et se décide à ouvrir une bouche béante. Alors, dans ce paysage de feu, coule entre les deux corps réunis, l'un penché sur l'autre, entre les peaux sombres serrées sous le soleil, entre les deux visages presque joints, un interminable filet de liquide blanchâtre, que Ravil laisse échapper de ses lèvres à peine entrouvertes et qui, sur la brève distance de l'une à l'autre bouche, s'irise de fugitifs reflets d'or.

Ravil se redresse et s'essuie du revers de la main. Le garçon étendu, la gorge pleine de liquide chaud, tousse plusieurs fois.

— Allons-y maintenant, dis-je.

Le convoi reprend la direction d'un soleil étincelant, qui enflamme désormais tout l'horizon.

L'air est si chaud qu'il oblige à respirer à petites goulées. Sinon il donne la sensation de brûler les poumons. La sueur coule du front, tombe sur les paupières, entre dans les yeux. Les alentours deviennent ainsi flous, paysage de pailles jaunies dont les pointes éphémères étincellent, se glissent sous les paupières et pincent sans relâche les orbites. La soif est là, dès les premiers pas, dès la dernière goutte bue. Au début, elle bloque la gorge. C'est déglutir qui devient difficile. Puis lentement c'est tout le palais, la langue et les gencives qui se dessèchent tandis qu'une pâte blanche se forme aux commissures des lèvres. Nous devons nous arrêter plusieurs fois à cause de l'épuisement des enfants. Kizou veut monter sur Chamelle. Je refuse. Elle n'est pas habituée à cela. C'est Mouna qui finalement noue un grand tissu autour des épaules, et le porte endormi sur son dos, les jambes ballantes. Parce que le temps presse, nous décidons de ne pas stopper au milieu du jour quand la chaleur est à son apogée. Mais le résultat est que les enfants d'Assambô ne se sentent pas bien à leur tour. L'un d'eux a mal à la tête et s'est mis à vomir. Il faut lui donner de grandes rations d'eau.

Les outres se vident rapidement. Je n'aime pas cela.

Au milieu de l'après-midi, nous voyons enfin au loin les premiers arbres verts.

Depuis peu, convois et hommes d'ailleurs nous croisent, sur des chameaux, parfois des ânes, et même à pied. Ils sont trop éloignés pour que nous puissions leur parler. C'est à coup sûr les habitants des alentours, venus chercher l'eau et qui s'en retournent, chargés de calebasses, bidons en plastique et autres récipients pleins. Certaines silhouettes sombres, progressivement avalées par les platitudes, nous font signe, un grand mouvement du bras auquel nous répondons par le même geste. Car, tous, nous sommes seuls dans la vaste immensité de Dieu. D'autres, indifférentes ou hostiles, défilent en nous ignorant. Ceux qui sont sans monture nous appellent. On entend parfois leurs cris traverser la savane. Un son affaibli. Il ne faut pas répondre.

Personne ne va dans notre sens.

Chacun de nous est désormais très fatigué. À un moment, il a fallu franchir un petit passage de rocailles. J'ai mis en garde Ako. Mais il n'a pas su empêcher une brebis de sauter trop vite d'une pierre longue et plate, en surplomb d'autres caillasses. La bête s'est blessée à une patte. Depuis elle boite et nous ralentit. Je n'arrive pas à me résoudre à l'abandonner. D'autre part, si on la tue ce sera au chameau de porter sa carcasse. Or il faut ménager Chamelle. Pour le moment, je ne décide rien. Ako ne cesse donc de battre le flanc de la brebis pour qu'elle se maintienne à notre rythme. Elle mourra bientôt, celle-là. Tant pis.

Soudain, à proximité du puits, un barrage. Je n'ai pas vu de militaires depuis quatorze ans. La peur ne s'oublie pas. Ils sont sept ou huit, installés à l'ombre d'un grand arbre dans des uniformes disparates. Ils jouent aux cartes et aux dés. Leur arme derrière la nuque, leurs poignets reposant indolemment sur les canons et la crosse, ils viennent vers nous, nous interrogent, veulent qu'on leur donne une bête. On refuse en secouant la tête. Ils nous ordonnent alors de faire demi-tour. Au terme d'un long marchandage, on leur cède la brebis boiteuse contre l'accès au puits pendant la nuit. Satisfait de l'affaire, l'un d'entre eux demande où nous allons.

Je lui réponds que nous partons pour les Pays Blancs. Il éclate d'un grand rire.

— C'est impossible. Par là, c'est la guerre. La seule direction que vous pouvez prendre, c'est celle des déserts noirs au nord. Il y a une source, à une journée d'ici.

Je fais un signe de la tête et remercie. Assambô me regarde d'un air inquiet. Nous dressons un campement de fortune avec des toiles en peaux tenues par des piquets.

Dans la pénombre fraîche, autour d'un feu, nous mangeons la bouillie de mil dans un grand plat creux. Elle a le goût chaud du voyage. Sans un mot, chacun se sert, puis trempe la pâte dans le lait. Les grillons chantent. Un à un, les enfants s'endorment. Mouna les soulève doucement, va les installer sous la tente, revient au-dehors. Assambô et sa famille sont partis se coucher, Ravil fait pareil. Alors ne restent plus que le foyer qui s'éteint, la nuit chaude, et puis Mouna et moi.

Elle pose sa tête contre ma poitrine.

Aucun de nous deux n'ose parler.

3

Le lendemain matin, nous prenons la route du nord.

Bien sûr, la veille, nous avons pensé à rebrousser chemin. Mais l'eau recueillie au puits nous aurait tout juste permis de retourner à notre point de départ pour y mourir.

Nous n'avons pas le choix, il faut faire comme les autres, continuer. Remonter la savane désolée longeant les déserts noirs, ces étendues infinies de cailloux sombres hérissées, çà et là, de montagnes anguleuses aux profils de lames coupantes, grises et bleues. Et, une fois le puits atteint, tenter de traverser le désert, plus haut. Rien au fond n'a changé dans nos plans sinon le point de passage vers les sables.

En attendant, nous sommes des centaines et des centaines chassés ainsi par la guerre, la sécheresse et la faim. Dans la misère, il y a pire que sa propre misère : il y a celle des autres. Et avec nos chameaux, nos chèvres, nos brebis, l'on nous prend pour des nantis. Toute une population d'affamés vient mendier pour que nous leur donnions de l'eau, du lait, un peu de viande. Comme si nous avions de la viande !

— C'est comme des mouches, répète Shasha en soupirant d'un air mécontent.

J'ai le sentiment que nous ressemblons plutôt à des insectes rampants traversant en procession les étendues pelées, courbés et la tête basse. Le long de la piste, il y a des hommes, des femmes, des familles, immobilisés sous un arbre ou dans une ornière. Ils nous regardent passer en silence. Ceux-là, on le sait, ne repartiront pas. Les autres ont des visages de désespoir haineux qui en disent long.

— Avec la famine, il pousse des dents aux agneaux, dit Mouna. Il ne faut pas rester avec ces gens-là. On va se faire tuer.

Chamelle qui donne du lait, le dromadaire d'Assambô, les outres d'eau, les chèvres et les brebis, toutes ces richesses nous rendent plus vulnérables à la méchanceté et au crime. Il semble plus prudent de suivre à distance la cohorte des miséreux. Quelques autres, qui possèdent un peu de bétail, font comme nous. De telle sorte qu'il y a deux colonnes, l'une, famélique et à pied, l'autre, un peu mieux lotie qui se tient à bonne distance de la première. Nous organisons des tours de garde pour écarter les voleurs.

Parmi ceux qui cheminent avec nous, un éleveur de bœufs conduit une dizaine de vaches. Ce sont des bêtes à longues cornes qu'il aurait dû vendre si la sécheresse ne l'avait rattrapé sur la route. Jovial, un peu gras – ce qui est rare chez nous – l'homme s'appelle Janja. Il voyage beaucoup et connaît des choses sur la guerre. Moi je ne suis plus trop au courant de ces affaires-là.

Voilà dix ans que le pays voisin, juste derrière les sables blancs, veut annexer nos territoires, m'explique-t-il. Les fusillades entre les deux armées cessent, ou reprennent sans que personne sache pourquoi. La région tout entière est en rébellion contre les deux gouvernements de mécréants. Sans oublier les haines entre clans, les pillards, les soldats affamés, les chefs locaux, les réfugiés, qui tuent pour rien.

— Comme ça, dit Janja en coupant l'air devant lui, du plat de la main.

Quand je vivais dans la capitale, d'innombrables factions se combattaient, lui ai-je répondu. Mais notre Président avait toujours le dernier mot : c'était lui qui finissait par massacrer tout le monde.

— C'était simple, dit Janja, avec une pointe de regret.

Derrière nous, soudain, un bruit mat suivi de beuglements. L'une de ses bêtes, épuisée, est tombée sur les pattes antérieures, a donné de frénétiques coups de reins, gratté la terre rouge sans succès avec ses membres postérieurs pour se remettre d'aplomb. L'arrière-train a dérapé et, déséquilibrée, elle vient de chuter dans un mugissement aigu et un nuage de poussière, tordant le cou en poussant des cris de détresse, les yeux exorbités, prenant, l'espace d'un instant, la vague et terrifiante conscience d'être perdue. On ne s'arrête pas. On n'a pas le temps. Les autres bœufs font un écart pour éviter la bête à terre qui prend de grandes ins-pirations en râlant, le mufle luisant et la gueule couverte de bave. Hommes, femmes et animaux poursuivent leur route. Durant la journée, Janja per-dra ainsi deux autres têtes.

— Dieu le veut ainsi, dira-t-il chaque fois en passant sans ralentir à côté d'elles.

Je me tiens à distance avec Chamelle craignant qu'elle ne prenne un coup de corne. Mais j'ai fina-lement accepté d'asseoir les deux plus jeunes sur son dos, alternativement.

— C'est bien... là-haut, s'écrie le petit Kizou, tout sourire, quand vient son tour tandis que Shasha, un peu furieuse et dodelinant de la tête, repart auprès d'Imi.

Les chèvres et brebis suivent finalement sans trop de mal, nous leurs avons donné beaucoup à boire près du puits. D'humeur conciliante, Cha-melle a encore fourni ce matin quatre bons litres d'un lait âcre et chaud, que nous avons partagés avec Assambô et ses enfants. Les outres d'eau sont encore à demi pleines. Rien ne va mal. Et le drame des autres atténue nos propres tourments.

Vers la fin de l'après-midi apparaît sur la piste une voiture bleue, arrêtée sur le côté, en haut d'une butée. On voit la trace des pneus crantés qui, sur la terre rouge, ont laissé une double ligne sinueuse et creusée dont la naissance se perd dans les collines lointaines de l'ouest. On devine plusieurs personnes là-haut, on ne les discerne pas vraiment. Ce qu'on ne peut manquer en revanche, c'est l'homme, les coudes sur le capot de la voiture, qui, calée au creux de l'épaule, tient une caméra. Mouna et les enfants, intrigués, se tournent vers moi. Je leur fais signe de ne pas s'inquiéter. Dans la capitale, il y avait aussi des caméras et des télévisions. J'étais à l'époque perplexe devant cette modernité qui réduisait nos paysages immenses à des images grisâtres engoncées dans le cadre étroit de boîtes en plastique mat.

L'homme est immobile. Le verre sombre avale la lumière en ne laissant qu'une brillance discrète. Elle flotte sur la surface de l'objectif comme une écume. Dans cette observation borgne de notre convoi, il n'y a aucun sentiment humain. Ni pitié, ni amour, ni peur, ni foi, ou même mépris ou haine. Rien qu'un regard éteint comme celui d'un chameau mort. Je tente de voir l'homme dont la peau nue des bras et des jambes a la couleur de nos paumes. Mais il reste dissimulé derrière l'objet avec lequel il fait corps, étranger à tout. Je passe devant cet œil lisse. Les deux mondes se croisent en silence, l'un avec son métal froid, l'autre avec sa misère chaude.

— Cela ne fait rien du tout, crie Ako, soulagé en se passant la main sur les bras et le torse pour voir si tout est en place.

— Tu n'es qu'un peureux ! lui répond Shasha, de sa voix aiguë.

Les deux enfants sont épuisés mais ont encore le

cœur au jeu. Ako vient vers sa sœur, bâton dressé. Elle fait de même, bien campée sur les jambes. Les deux bouts de bois claquent, le sien part à un mètre. Le convoi pendant ce temps continue sa route. Shasha lève son doigt en grondant :

— Voilà, tu fais que des bêtises. Regarde les bêtes qui partent dans tous les sens.

Alors ils se mettent à courir pour rattraper, l'un les brebis dont il a la charge, l'autre son bâton et la chèvre Imi, tout en se tirant la langue et en s'adressant de terribles invectives d'enfants.

Au soir, dans un ciel qui s'obscurcit, nous arrivons enfin à la source.

Nous y sommes restés cinq jours.

Il y avait là une concentration de misère et de crapulerie, comme je n'en avais pas vu depuis longtemps.

Dès notre arrivée, une foule disparate d'hommes, de femmes et d'enfants se précipita vers nous. Avant même que nous puissions réagir, avec la vitesse de rapaces, on nous emportait une brebis et deux chèvres. Dans la bousculade le petit Kizou tomba de la chamelle. Il pleurait au milieu des bêtes. Ako se précipita pour le relever mais reçut un coup sur la lèvre. Immobile, avec la langue, il léchait le sang qui coulait. Chamelle, nerveuse, donnait des coups de tête, ouvrait la gueule et tournait sur elle-même, dans un grand brouillard de poussières. Je crois bien qu'elle mordit un de nos

40

assaillants. Ravil protégeait ses frères et donnait à tour de bras des coups de bâton. Shasha, son petit poing tendu, s'était adossée à Imi et poussait des cris perçants dès qu'on s'en approchait.

Assambô était en grande difficulté. Il avait beau frapper à droite, à gauche, du plat de sa machette, une, puis deux, puis trois de ses chèvres avaient été emportées par la cohue. Battant en retraite au pas de course, on partit sur le côté, s'éloignant du puits, suivis par Janja et ses bœufs, et d'autres familles qui avaient un peu de bien, elles aussi attaquées. Il fallut traverser des étendues ondulées de terre et d'arbustes secs, sans que nous y voyions grand-chose. Derrière nous courait à distance un groupe d'affamés, qui, tout en nous implorant d'une voix douce, tentaient par la ruse de nous prendre d'autres bêtes. Assambô, qui en quelques minutes avait perdu la moitié de son bien, frappait maintenant avec la lame. On entendit un cri de douleur.

Alors la poursuite cessa peu à peu et l'on ralentit le pas, jusqu'à s'arrêter enfin. On percevait encore des éclats de voix assourdis, des souffles, des chuchotements.

— Que Dieu vous damne, cria Assambô dans la pénombre.

Il y eut des rires étouffés et des imprécations. C'étaient surtout des adolescents. Des lueurs s'allumaient. Ils n'avaient rien à manger mais il leur restait du tabac. Ils s'apprêtaient à attendre toute la nuit ainsi, cramponnés à nous comme une aubaine inespérée apportée par les vents. J'observai Mouna qui, dans notre retraite, avait pris en charge les deux enfants, l'un sur le dos, l'autre dans les bras. Son vêtement était imprégné de sueur. À côté d'elle, Shasha cherchait des yeux sa petite chèvre. Quand elle la découvrit sur le côté, une lueur anima son visage, creusé par de grandes ombres.

La nuit allait être longue.

Les femmes réunirent les enfants autour d'elles. On mit une grande corde autour du cou des chèvres afin qu'effrayées, elles n'aillent pas se disperser dans la nuit. On entrava les antérieurs des dromadaires. On mit les vaches sur le côté. Deux manquaient à Janja. Il les appela en mugissant doucement, sans succès.

— Dieu le veut ainsi, conclut-il avec patience.

On alluma deux feux, ni trop grands, ni trop petits, afin que l'on puisse voir venir les assaillants sans trop attirer la racaille aux alentours. Comme Chamelle s'agitait, secouait furieusement la tête, blatérait à s'en rompre la gorge, il fallut la traire un peu pour la calmer. On dressa à la hâte une grande tente, une simple toile posée sur une dizaine de piquets. Les outres passaient de main en main, le lait aussi, et puis deux galettes séchées de mil que l'on découpa longuement.

Tandis que les enfants dormaient, que les femmes à côté d'eux s'étaient lentement assoupies, nous veillions, machettes et gourdins à la main.

Mes yeux, malgré moi, se fermèrent. Au lever du soleil, Assambô me réveilla en sursaut et se précipita à quelques mètres, là où j'avais réuni les brebis.

Un homme couché avait rampé, saisi une bête par la patte et s'obstinait à tirer, inconscient du lien qui la rattachait aux autres. Quand il vit Assambô, il resta comme un homme en mer agrippé à une corde. Il ne voulut pas lâcher prise. J'entendis le bruit mat de la lame sur la chair et les os. Le garçon ne cria pas. Il se releva, contempla son bras au bout duquel sa main pendait comme un oiseau mort, et se retournant, partit dans la savane orangée, d'un pas pressé.

Dans un long frisson, je réalisai alors que j'avais amené tout ce qui m'était le plus cher, ma famille, Chamelle, mes quelques bêtes, dans un monde de sauvagerie dont je reconnaissais soudain les images lourdes et familières, les fulgurances de métal et de sang. Celles-là mêmes que j'avais fuies quatorze ans plus tôt et que je m'étais juré de ne jamais revoir.

— La lumière et l'ombre ne parlent pas, me chuchota-t-elle à l'oreille, tout bas.

Mouna s'était glissée hors de la tente et, sans bruit, était venue à mes côtés répondre à mes pensées. Elle avait refait ses nattes, changé ses vêtements, et même mis un peu de poudre de riz sur un visage tiré, creusé.

Je lui dis tout bas qu'elle était belle.

Elle sourit, mit la tête sur mon épaule.

Et regarda avec moi le jour qui se levait.

Au matin, pendant qu'Assambô gardait le campement, nous allâmes au puits, mais cette fois sans les bêtes. La source était sous le contrôle des militaires. L'eau était rationnée, on craignait qu'elle ne se tarisse. Il fallait faire une longue queue avec les outres, les calebasses, les bidons. Arrogants, les soldats nous bousculaient et allaient directement se servir. Nous patientions sous le soleil, moi, Mouna et le petit en tête, ensuite Ravil, calme et sérieux comme à l'habitude, Shasha qui poussait de longs soupirs, le crâne tout enrobé de turbans, et Ako, l'air tourmenté et absent.

— Sais-tu ce que tu vas trouver au bout ? me demanda un militaire qui nous considérait depuis quelque temps, à distance.

— De l'eau, répondis-je sur mes gardes.

— Oui, tu en auras pour toi et tes enfants. Mais rien pour les chèvres. Il n'y a pas d'eau pour elles ici.

— Qui te dit que j'ai des chèvres ?

— Allons, on t'a vu arriver hier. Et vous avez aussi deux très belles femmes.

— Alors ?

— Si vous nous donnez une bête par jour, vous aurez ce qu'il faut.

— Une bête chaque jour ? fis-je indigné, après un temps de silence.

— Et la protection en plus.

Il me dit que son nom était Lassong et de revenir au soir pour donner ma réponse. Quand, au terme de plusieurs heures d'attente, nous arrivâmes enfin au puits, on nous donna de l'eau mais juste – comme avait dit Lassong – ce qu'il fallait. Et quand j'en demandai pour les animaux, l'un des militaires me frappa sur les côtes, pour que je m'en aille.

Au campement, après de brefs débats, les cinq familles regroupées acceptèrent de donner la bête demandée. Janja me proposa l'équivalent en argent car les bœufs valaient très cher. Je promis de donner une brebis à sa place avec le sentiment vague que les billets pourraient me servir, plus tard.

À la conclusion de l'affaire, le soldat Lassong parut enchanté.

— Vous avez bien fait, dit-il. Dans un jour ou deux – il pointa la longue queue d'affamés qui attendait sous le soleil – ils allaient vous tuer.

Et il partit d'un grand rire.

Lassong tint parole. Chaque jour, un homme venait au campement, l'arme à l'épaule, pour assurer notre défense. Puis, de jeunes soldats apportaient tard dans la nuit des outres, des gourdes, des calebasses et des seaux pleins. Il y en avait ce qu'il fallait pour les bêtes, à l'exception des chameaux.

Les enfants et les femmes reprenaient des forces. Avec un couteau, Assambô avait creusé une petite pièce ronde d'acacia, enfilé un lacet de cuir au sommet et donné le tout à Ako.

— C'est joli mais ce n'est pas l'image du prophète, avait dit ce dernier, après avoir scruté longuement le visage dessiné sur le bois.

— C'est mieux ainsi, lui répondit Assambô en lui mettant la médaille sculptée autour du cou.

J'avais repris mon journal, relatant chaque étape de notre voyage, pour garder une trace de tout cela. Afin d'économiser les stylos, je fabriquais à nouveau de l'encre avec les crottes de brebis. J'écrivais tout petit aussi, pour économiser mes cahiers.

Après les prières et le dîner, quand il n'y avait plus rien à faire, Mouna nous demandait de fermer les yeux et de nous tenir la main, tous les six. Il fallait imaginer, paupières serrées, ce que faisaient ceux qui étaient aux extrémités du demi-cercle ainsi formé. Bougeaient-ils la main, avançaient-ils un pied, tiraient-ils la langue ou faisaient-ils la grimace ? C'était un jeu qui nous tirait d'habitude des larmes de rire. Dans les circonstances où nous étions, c'était différent. Dans le noir et le silence, imaginant au bout de la chaîne un possible mouvement, nous ressentions avec une fluctuante intensité la présence des autres, comme une vague ondoyante et tiède se promenant à travers les corps et les paumes serrées. Et cette alliance de chairs et d'âmes donnait comme un apaisement et un sentiment d'invulnérabilité. C'est ce que recherchait Mouna, bien sûr. Mais c'était compter sans Shasha qui voulait absolument y joindre... Imi !

La nuit, profitant de ce que la petite chèvre n'était pas encordée aux autres, je surpris la fillette allant doucement la chercher au-dehors pour la tirer sous la hutte en toile où nous dormions tous. Elle l'installait près de l'ouverture, la forçait à se coucher en chuchotant « Là, là » – Imi se laissant faire car il faisait chaud à l'intérieur –, et la fillette posait alors la tête sur son flanc et s'endormait d'un air tranquillisé. Au matin, elle la faisait filer au-dehors. Nous n'avions pas le courage de la gronder malgré quelques bêlements incongrus au milieu de la nuit et des crottes retrouvées à l'entrée de la tente.

Ravil, lassé de se gratter, s'était rasé la tête. Kizou, qui aimait passer la main dans ses cheveux, raides et longs comme du fil, puis en comparer la sensation avec ceux de sa propre tête, frisés et drus, en était tout étonné. Tout rond, tout nu, disait-il dépité, en carressant le crâne de son frère, qui se laissait faire en souriant.

— Tout ne va pas si mal, répétai-je à Mouna.

Je m'étais remis à mes longues descriptions du pays des lacs, aux herbes hautes qui ondulaient dans le vent. « *Dik-Dik !* » claironnait Kizou, ravi de retrouver un mot connu qui attirait des lueurs d'enchantement dans les yeux de Shasha et ses frères.

Mais, au bout de quatre jours, les rations d'eau diminuèrent.

— C'est le puits qui se tarit, dit Lassong, avec un haussement d'épaules, en emportant au soir une de nos brebis.

Ce qui signifiait que, bientôt, nous allions à nouveau être poursuivis par la sécheresse, avec la mort aux talons. Mieux valait filer tout de suite. Mais dans quelle direction ? Cette contrée nous était inconnue, et nous n'avions rien pour nous orienter.

C'est alors que Lassong se révéla plus précieux que jamais. À notre demande, il trouva un bout de carte, sans doute volée à un officier. Il dessina sur le papier sale trois ronds grisés, à droite d'un point sombre marquant l'endroit où nous étions, et d'une zone énigmatique marquée de croix noires.

— Pour traverser les Pays Blancs, il faut s'orienter au nord d'abord, et, à une première source, bifurquer sur cette piste à l'est. Trois puits profonds ensuite se suivent, à trois ou quatre jours d'intervalle, nous expliqua-t-il. Il ne faut jamais quitter le chemin car toute la zone aux alentours est pleine de mines.

Et il montra les croix. Je lui glissai dans la main un des billets que m'avait donnés Janja pour la brebis.

— Le jour de votre départ, ajouta-t-il encore, il faudra me prévenir. On vous indiquera la direction à suivre.

Assambô était d'avis de lever le camp tout de suite. Mais les autres familles, exténuées, voulaient se reposer quelques jours encore. On décida de ne pas les attendre. Quant à Janja, il désespérait de pouvoir quitter les lieux, encombré de ses bœufs.

— Si au moins, je pouvais les vendre, soupirait-il, en regardant ses cinq dernières bêtes. J'achèterais un chameau.

À nouveau, Lassong se fit providentiel. Si Janja acceptait de payer, déclara-t-il, il trouverait une voiture militaire pour le conduire de l'autre côté des sables. En moins d'un jour et d'une nuit, il serait dans la région des lacs.

— Plus besoin de chameau. Mais c'est dangereux, ajouta-t-il. Il faut rouler des heures durant, à découvert, il y a la frontière, des soldats et des mines. Donc c'est cher.

— Cher, cela veut dire combien ? demanda Janja fébrilement.

— Trois de tes vaches.

Janja eut un petit geste de recul.

— Si des fripouilles te proposent moins, ajouta Lassong, c'est qu'ils comptent t'abandonner au milieu des sables.

Janja eut un frisson à l'évocation de cette mort lente et atroce dans la solitude du désert. Il accepta sans discuter les conditions posées. Lassong emporta les trois bœufs. Quant aux deux bêtes restantes de l'éleveur, le soldat lui trouva même un acquéreur, à des conditions inespérées.

— C'est un grand cadeau de Dieu, disait le bonhomme, recomptant sans y croire les billets dans un vieux portefeuille en peau qu'il portait sur son ventre. Et, heureux de la bonne disposition des choses, il souriait comme un enfant.

Il s'en alla la veille de notre propre départ. Une jeep vint le chercher en début d'après-midi avec trois militaires à son bord. Il échangea avec nous des bénédictions, me mit entre les mains quelques billets – « Ton voyage sera plus dur que le mien », dit-il avec un sourire – et se dépêcha d'entrer dans la voiture aux roues hautes comme les pattes d'un chamelon.

— Dépêche-toi, fit le chauffeur, un long gars aux épaules étroites. Il faut que nous revenions dans moins de deux jours.

Janja s'installa maladroitement, il n'avait pas l'habitude. Quand la voiture démarra, il perdit un peu l'équilibre, se remit tant bien que mal d'aplomb, se retourna vers nous et nous adressa, radieux, un geste d'adieu qu'on lui rendit en souriant, jusqu'à ce que la jeep fût avalée par la poussière au loin.

Tout était en place pour que nous-mêmes levions le camp le lendemain. La source de départ n'était pas très éloignée : au plus trois à quatre heures de marche. Le soldat Lassong nous attendrait là-bas, en milieu de journée, avait-il promis.

Il vint d'ailleurs peu de temps après le départ de Janja, vérifia notre harnachement, apprécia la beauté de Chamelle, fit quelques compliments à Salimah dont il lorgnait gentiment les seins, nous félicita du bel état des chèvres et des brebis. Il prit Kizou sur les genoux, le fit rire et danser dans la lumière, ses cheveux noirs comme blanchis par le jour.

— Veille à leurs yeux, me dit-il alors.

Je le regardai, éberlué, sans comprendre.

— Par ici, expliqua-t-il, des bandits volent parfois les yeux des enfants. Ils les vendent ensuite aux Blancs.

Je n'avais jamais entendu une telle horreur. Mouna apparut alors, et gronda :

— Personne ne prendra les yeux des enfants...

— C'est pour cela que je vous dis de faire attention, répondit-il tranquillement, en nous saluant.

Au soir, accompagné par Assambô, je décidai de

tenter une nouvelle fois d'acheter une boussole. Je craignais que nous nous perdions dans le désert même si l'on pouvait facilement s'orienter dans la nuit claire, en regardant les étoiles.

Autour de la source gardée par les soldats s'était installé un campement de fortune, réunissant plusieurs centaines de personnes. Cela sentait la misère, la sueur et les excréments. Les militaires y faisaient la police à coups de crosse. Devant les tentes, assises, des familles entières attendaient ou discutaient. On y échangeait tout et rien. Les rumeurs circulaient d'un bout à l'autre de la place. À la frontière, racontait-on, plus de cent cinquante familles avaient été massacrées par l'armée craignant une infiltration de rebelles. Mais les autres étaient passées sans difficulté. La guerre, la famine et la sécheresse avaient tué encore trop peu pour que l'on s'intéressât à notre sort. Je n'écoutais déjà plus. Je voulais une boussole, c'était tout.

Je demandais aux uns, aux autres. Assambô faisait pareil de son côté. On nous lorgnait alternativement avec haine, ou d'un air mendiant car on nous savait propriétaires de chameaux et de chèvres. Puis la chance me sourit. Un militaire me vendit une boussole kaki qu'il tira miraculeusement de sa poche. Heureux de ma trouvaille, je revins vers Assambô, à l'autre bout du campement.

— Je l'ai enfin trouvée, dis-je en souriant.

Mais lui, les yeux tout ronds, regardait derrière moi comme s'il avait vu un fantôme. Craignant un danger, je sursautai, me retournai brusquement, et vis la jeep dans laquelle, quelques heures plus tôt, s'était installé Janja. La voiture était de retour avec à son bord les trois mêmes militaires.

Mais la place de Janja était vide.

— Ils s'en sont débarrassés, me chuchota Assambô, terrifié.

— Demain, Lassong va faire pareil avec nous. Il va tout nous voler, puis nous abandonner ou nous tuer, ajouta-t-il d'une voix étranglée.

Je réfléchis en silence. Même si nous ne tombions pas dans son piège demain, Lassong, tôt ou tard, trouverait un moyen de s'emparer de nous. Peut-être même – et un long frisson me parcourut l'échine – de vendre les yeux des enfants.

— Nous n'avons pas le choix, il faut fuir cette nuit, répondis-je, la peur et la nausée me soulevant l'estomac.

4

— Vite, Rahne, dit Assambô, inquiet.

Arc-bouté sur la manivelle, le bras et l'épaule douloureux, je remonte un autre seau. Chamelle le boit à longs traits qu'elle aspire en chuintant. J'attends que le récipient soit vide, je le suspends à la corde et recommence l'opération en toute hâte, le visage trempé de sueur. L'ouverture est très étroite. Voilà pourquoi une personne seulement peut s'activer au-dessus du trou noir. Cela fait plus d'une heure qu'Assambô et moi nous relayons. Toutes les bêtes ont bu, ne reste que les deux dromadaires. Mais il faut pour l'un et l'autre extraire encore une vingtaine de seaux pleins.

De temps en temps, je relève la tête et examine tout autour la savane desséchée dans laquelle nous avons cheminé pendant cinq heures. Et puis les immensités de cailloux noirs, ponctués de rocs et de découpes sombres que nous avons laissées derrière nous, sans jamais les traverser. Enfin les grands espaces de sable qui sont apparus, interrompus de temps en temps par quelques traces d'herbes et d'arbustes. Tout est vide. Tout se tait. Sur la ligne d'horizon, les premières lueurs de feu rasent les surfaces nues. Nous avons à peine quelques heures d'avance sur le soldat Lassong et son sinistre rendez-vous.

— Remplace-moi, Ravil, dis-je à l'aîné.

Le garçon saisit à son tour la manivelle et se met à mouliner. Je cherche avec inquiétude Mouna. Elle se tient à proximité et s'occupe des bêtes, les deux petits à ses côtés. Ce matin, tandis que nous marchions, un filet de sang a quitté le creux de ses cuisses, a glissé sous le vêtement le long des jambes jusqu'à la peau dénudée de son mollet. Elle ne s'en était pas aperçue. Je ne pouvais pas détacher mon regard du rouge lumineux sur la peau sombre, de ce sillon fin et luisant qui enserrait la cheville et s'asséchait lentement pour former une coupure noire cerclant l'os.

— C'est la maladie qui reprend, m'a-t-elle dit, gênée, en frottant le sang pour que la peau en boive la couleur. Puis elle est repartie de son pas balancé, le petit sur le dos.

Quand, très tôt au matin, nous sommes arrivés à la source indiquée par Lassong, cela faisait quelque temps que les immenses tapis de pierres que nous longions se délitaient. La rupture pourtant fut brutale. D'un coup, la pierraille se trouva ensevelie par des vagues de sable que la nuit bleuissait en leur donnant des reflets de lune.

— On dirait un pays de fées, s'est exclamée avec ravissement Shasha, juchée sur Chamelle.

Les yeux ensommeillés et brillants, la fillette

54

contemplait au loin les collines douces dans les premières lumières.

— Comme un rêve, a-t-elle ajouté d'une voix plus basse.

On n'avait pas le temps de lui répondre. Dès que Lassong et ses complices auraient vent de notre fuite, ils allaient prendre une voiture et tenter de nous retrouver. Il fallait faire vite, garder quatre ou cinq heures d'avance sur eux. Et surtout accélérer le pas avant que la soif ne nous rattrape.

Je regarde à nouveau la carte que nous a laissée le soldat, les trois points qui indiquent les puits, les croix noires, l'aiguille de ma boussole et les traces de pas, nombreuses, qui partent du puits. Elles ébauchent une route à travers les immensités que longent les dunes.

— Elle va dans la bonne direction, fais-je à Assambô, qui ne sait lire ni carte ni boussole. À mon avis, le plan de Lassong est bon. S'il avait menti, il aurait risqué d'attirer nos soupçons.

Assambô fait une moue.

— Tant de monde pourtant se pressait à l'autre puits... et personne ici, remarque Assambô, les sourcils froncés, tandis qu'il vérifie l'état de son chameau, bosse et pieds en premier, ensuite les antérieurs et le ventre.

Je ne réponds pas. La source n'est pas empoisonnée. Nous avons fait boire en premier une brebis qui n'a donné aucun signe d'alerte. Chamelle a bu elle aussi sans hésiter une seconde. L'eau est saine mais le seau frotte déjà le sol. Ici aussi, c'est une affaire de quelques jours. Il faut continuer, il n'y a pas de question à se poser.

Ravil a extrait les derniers seaux d'eau et reprend son souffle. Les enfants boivent le lait et l'eau. Ako, assis en tailleur, a réuni autour de lui les plus petits. Sur le côté, Shasha accroupie, le bras autour du cou de sa chèvre, dort, les yeux grands ouverts.

J'avale ma salive en silence. Je regarde, tout près, la boule de feu qui déjà lance vers nous ses dards brûlants. Il faut marcher vers elle. Sans faiblir, sans peur, la tête baissée, comme des hommes servant un sort auquel ils ne comprennent rien. Pourquoi ça, pourquoi nous ? Personne ne sait, personne n'y peut rien.

La piste suit les dunes de loin mais ne s'y engage pas. Elle serpente sur un sol à peu près solide. Ce sont des lambeaux de savane qui résistent encore au sable et refusent de se laisser étouffer. On y trouve encore quelques touffes d'herbes, des plages d'argile durcie. Et toujours, de loin en loin, des acacias qui offrent un peu d'ombre. Peut-être des bêtes ont-elles couru il y a quelque temps dans ces plaines désolées. Mais le sable s'en moque qui veut tout recouvrir en figeant le temps et le vivant.

Nous marchons. Aussi vite que possible. C'est-à-dire d'un pas mesuré mais sans ralentir, sauf quand on traverse des zones de sable épaisses dans lesquelles les pieds s'enfoncent. Assambô a mis ses trois petits sur le dos du chameau. J'ai peur que cela ne contrarie la bête mais ses gamins ont l'air épuisé. L'un d'eux, il a trois ans je crois, se plaint du ventre. Salimah n'y comprend rien car les deux autres ne souffrent de rien.

Les miens ont l'air mieux en point. Kizou monte Chamelle. Nous n'avons pas de selle. Nous avons amarré le petit en prenant des points d'ancrage sur le bât et les cordes qui tiennent les bagages. Nous lui avons ordonné de s'accrocher aux poils sur la bosse, et de baisser les paupières en fixant toujours le cou du chameau. Si les yeux lui font trop mal, nous les lui banderons. Toutes les deux heures, nous lui donnons un peu d'eau sans freiner la monture. Mouna et moi lui tenons chacun une jambe pour qu'il ne glisse pas. Quand Shasha veut monter Chamelle, nous lui demandons d'attendre. Mais comme elle est petite, elle a droit à un peu plus d'eau que les autres. C'est-à-dire quatre fois dans la journée, au moment où le soleil rejoint l'un des points cardinaux. Quant aux autres, Ako compris, ils ne se désaltéreront désormais qu'au midi et au soir, selon des proportions égales. De cette manière, j'ai fait des calculs, nous devrions atteindre le prochain puits dans trois jours avec, en sécurité, deux outres pleines.

— Tu es sûr, Pouzzi, que ce n'est pas mon tour ? dit Shasha qui vient m'interroger pour la vingtième fois.

Je secoue la tête.

— De boire au moins ? ajoute-t-elle encore avec une moue.

Je fais à nouveau non. Elle s'arrête, examine le soleil en grimaçant, la main en visière, me rattrape en courant, me prend à témoin, les sourcils froncés, lève le visage et le doigt vers le ciel, me lorgne encore, l'air franchement accusateur. Je m'éloigne sans un mot. Alors, elle attend que le convoi la rattrape et, en signe de désapprobation, fronce la lèvre supérieure et montre ses dents de devant comme un petit rat. Ravil et Ako, la voyant ainsi, se mettent ensemble à rire. Dès notre arrivée dans un lieu tranquille, il faudra que je la corrige pour lui faire passer ce genre d'insolence. Elle secoue une nouvelle fois la tête pour dire, décidément, que l'on se trompe gravement aujourd'hui et part s'en plaindre à l'oreille d'Imi.

— Soif, papa...

Kizou tend la main pour l'eau. Mais il vient de boire, je ne peux rien pour lui, non plus. Maintenant il pleure à longues larmes. C'est un chagrin qui ne s'éteindra jamais, signifie-t-il, les épaules secouées, tout droit sur le chameau. Je ne le regarde pas, cela ne sert à rien. Mouna vient contre le flanc de Chamelle, lui parle à voix basse, lui dit des petits mots. Des riens. Des bruits. Des « shhhh » tendres. Il écoute malgré lui, s'apaise peu à peu, se frotte les joues. Je pense à l'eau qui vient de sortir des yeux de l'enfant et nous manquera peut-être. Je jette un regard derrière moi. Ako et Ravil cheminent côte à côte, du même pas, l'un comme le reflet amoindri de l'autre. Ils marchent en silence, économisent leurs efforts, nous surveillent de loin et gardent un œil sur les bêtes. Ils ne les dirigent plus, ce n'est pas la peine. Chacune d'entre elles sait que la vie dépend du troupeau, aucune n'irait s'éloigner, se perdre ou ralentir. Mais je me méfie de Chamelle. Je préfère tenir le licol, on ne sait jamais. Elle serait bien capable de prendre un coup de sang et filer n'importe où, avec un enfant sur le dos. Et, sans elle, nous perdrions toute chance de survie.

Elle doit s'en douter un peu, la carne. Elle fait la belle, marche d'un air digne, le menton très haut, imperturbable et dédaigneuse envers tout, le sable, les paysages, les chèvres, les brebis, les hommes, leur soif, leur faim, leurs enfants et nous. S'il ne tenait qu'à elle, il n'y aurait ni halte, ni repos, ni arrêt d'aucune sorte. Sa bosse est pleine, la graisse est là, son poil en témoigne. Beau, doux. Soyeux comme celui d'un chaton. Elle est ma chamelle. Elle a le poitrail un peu étroit, l'avant-bras sans doute un peu trop long mais les oreilles petites et dressées, la tête parfaite sont celles d'une princesse. D'accord, elle n'est pas de lignée noble, de ces dromadaires d'apparat qui ne servent qu'à la monte. Elle vaut beaucoup mieux. C'est une bête courageuse, qui apporte en abondance un bon lait, amer et moussant, et transporte ce que tout homme doit emporter dans une savane desséchée pour survivre. Une bête de caractère qui donne tout ce qu'elle a, jusqu'à son poil pour les fourrures et même ses crottes qui servent au feu quand le bois manque.

On la fait saillir dans un petit élevage d'Assouh. Cela assure le lait mais le chamelon va à l'éleveur. C'est le troisième qu'on lui dérobe après quelques mois. Le dernier, maladroit sur ses hautes pattes et blatérant d'une voix tremblante et haut perchée, lui léchait le museau. Elle devrait bientôt fournir moins de lait, je ne sais pas quand. La grande poupée en chiffons qu'elle porte sans savoir sur le dos et que nous lui déposons au soir entre les pattes la trompe encore un peu. Mais elle ne se laissera pas longtemps duper. Ensuite ses mamelles s'assécheront pour de bon. Il vaudrait mieux pour nous à ce moment-là avoir atteint notre but.

— Une voiture ! crie soudain Assambô.

Je quitte aussitôt la piste et, accélérant, m'engage à droite vers les dunes. Derrière, chacun suit. Pour aller plus vite, Mouna a pris Shasha dans ses bras. À coups de bâton, Ako et Ravil font avancer les bêtes au trot. Le petit nuage de poussières court à l'horizon sur le sol comme un vent tourbillonnant. Impossible de connaître sa direction exacte mais il se rapproche de nous. Accélérer encore. Kizou, les deux poings serrés, s'accroche aux poils de l'animal qui allonge le pas et engage un trot. L'enfant manque tomber. Je freine Chamelle avec difficulté. Vite, vite. Il faut au moins sept à huit minutes pour atteindre la première dune. Le sable avale nos pas. À côté de moi Mouna lâche un souffle saccadé et rauque, la fillette serrée contre elle, ses petits bras autour de son cou. La chèvre, apeurée, a fait un écart, Ako est parti la rattraper.

— Par ici, Imi, par ici, crie Shasha, inquiète, en se retournant.

Derrière, Assambô suit avec un temps de retard. L'un de ses petits a basculé du chameau. Nous arrivons enfin à la première dune, que nous escaladons aussi vite que possible, c'est-à-dire lentement, en souffrant. Les pieds s'enfoncent, glissent, perdent du terrain, tandis que la crête paraît inatteignable, sous ce soleil terrifiant qui aveugle, couvre la peau de sueur et pique la gorge d'épingles. Mouna ne peut porter Shasha dans la montée. La petite grimpe à côté d'elle, en lui tenant la main, son visage d'enfant soudain sans âge, crispé par l'effort. On atteint le haut de la dune, et c'est la descente, aisée tout d'un coup, une libération où le poids du corps devient sans prévenir un allié. Ako et Ravil se sont laissés rouler au bas de la dune bientôt suivis par Shasha dont on entend un rire ou un pleur, ou peut-être les deux à la fois. Hommes, femmes, enfants, chameaux et bêtes se retrouvent dans la cuvette.

— Restez là, surtout ne vous montrez pas, dis-je aussitôt.

Et suivi par Assambô, sans reprendre souffle, je repars en sens inverse à l'assaut de la dune en haut de laquelle, couchés, nous observons le véhicule au loin.

— Je suis sûr que c'est Lassong, dit Assambô, haletant.

On ne peut pas savoir, c'est trop loin. Par chance,

la voiture ne roule pas sur la piste. Faute de quoi, il lui serait facile de nous débusquer. Elle passe devant nous, ombre fugitive dans la lumière et la poussière, à trois ou quatre kilomètres. Elle hésite, ralentit, repart. Ce doit être Lassong qui nous cherche, Assambô a raison, les heures concordent. Furieux d'avoir été berné, il ne veut pas laisser s'échapper les bêtes, les chameaux, et peut-être aussi les yeux des gamins. Si nous avions été là à l'heure dite, tout aurait été simple. Il nous aurait abattus, sans témoin. Un frisson me parcourt.

— Il faut attendre qu'elle repasse, dis-je. On ne peut pas prendre le risque de repartir maintenant.

— On perd du temps, répond Assambô, inquiet.

— Il n'y a qu'à dormir. Nous rattraperons le temps perdu cette nuit.

Assambô fait un signe d'assentiment.

— Les traces se voient, dit-il alors, après un temps de silence, en regardant sur le sable les sillons inégaux creusés par le pas précipité des hommes et des bêtes.

Assambô continue à faire le guet tandis que je redescends, seul. J'envoie Ravil et Ako effacer nos pas. Ils filent avec empressement, ravis de quitter un lieu où règne une atmosphère étouffante, sans le plus petit souffle de vent. Les femmes ont bien dressé une tente pour se protéger du soleil et trouver du repos. Mais la chaleur au creux de cette cuvette est si insupportable qu'elle empêche les enfants de dormir. Aussitôt assoupis, ils se réveillent en sursaut dans un bain de sueur. Chacun est si assoiffé que je dois faire une distribution supplémentaire d'eau. L'air est si bouillant qu'il fait tousser, assèche les parois du nez, brûle les poumons et vient telle une barre de granit écraser le front et le haut de la tête. Le sol est comme une plaque de métal chauffé. Je n'avais pas pensé à tout cela. J'ai bien trouvé une cachette idéale mais c'est une fournaise. Un enfer.

— On ne va pas pouvoir rester là, vient se plaindre Salimah, si couverte de transpiration qu'on voit en transparence sa peau sous le tissu blanc.

Mouna est à côté d'elle. Je regarde son bas-ventre, là d'où ce matin venait le sang. A-t-elle mis des linges pour qu'il cesse de couler ou va-t-elle mieux ?

— Ces gens-là veulent nous tuer, leur dis-je patiemment tandis qu'elles m'observent, immobiles.

Il nous faut attendre. Deux longues heures douloureuses avant que le soleil ne commence à faiblir, et deux heures encore, interminables, avant que ne tombe la nuit. Nous reprenons alors la route dans une pénombre fraîche cloutée d'étoiles.

Voilà trois jours que nous marchions. Il fallait tenir maintenant, nous devions approcher du premier puits. Trois jours au fond, ce n'était rien. Certains convois pouvaient aller pendant dix, douze, et même parfois quinze jours. Pour les chameaux en bonne santé, c'était une promenade. Pour les hommes, c'était un peu plus dur. Mais trois jours, ce n'était rien. Et nous avions encore une outre pleine, une autre aux trois quarts pleine et une cha-melle qui donnait toujours son lait. Beaucoup au fond auraient aimé être à notre place. Aucune bête n'était morte, même les brebis tenaient le coup. Il y avait un peu d'eau prévu pour elles chaque jour, de quoi leur permettre de survivre. Trois jours, ce n'était pas grand-chose. Même si chacun d'eux semblait durer des semaines. Même s'il n'y avait eu aucun vent, aucune fraîcheur le jour, et un froid si glacial la nuit que deux petits avaient attrapé une toux rauque et sifflante. Au départ, nous voulions nous arrêter deux heures toutes les huit heures de marche. Mais, avec les femmes et les enfants, cela s'était révélé impossible. Nous faisions halte toutes les quatre heures environ, mais depuis hier, notre rythme s'était encore ralenti. Impossible d'agir autrement.

De temps en temps, je regardais derrière moi. Alors tout le convoi me faisait l'effet d'un bateau aux voiles loqueteuses qui, sur une mer jaune, ondoyait et serpentait, tenu à flot par un équipage ravagé de misère et de lumières. Mais je me sentais aussi la force de conduire tout le monde à bon port, sains et saufs. Si Dieu le voulait ainsi.

Mouna était affaiblie. Je crus même, plusieurs fois, qu'elle allait s'affaisser, sans un mot, sans un bruit, et que nous allions la perdre, le long du che-min, dans la nuit, comme un bijou tombé sans bruit d'un poignet dans l'obscurité. Pour la soulager, je prenais parfois Shasha sur mes épaules. La petite croisait les doigts et me tenait par le front. Elle ne parlait plus. Personne d'ailleurs ne parlait. Nous avancions dans un silence épais. Chaque pas déclenchait une douleur sourde. Parfois leur accumulation devenait une déchirure lancinante qui traversait les muscles. Ou alors les membres se transformaient en bois mort, on ne sentait plus rien.

Contrairement aux prédictions, nous n'avions pour le moment croisé aucun groupe armé. Mais les traces nombreuses sur la piste montraient une grande cohue devant nous. À un ou deux jours peut-être. À quelques rares occasions, nous avions vu des gens aux alentours. Certains nous hélaient, d'autres ne bougeaient pas, d'autres encore nous faisaient signe avec le bras. Nous n'avions aidé personne. Nous passions sans un mot, sans un geste. Je ne pouvais rien pour eux. Tout cela impressionnait les enfants. À un moment, nous avions longé une femme assise et immobile. Près d'elle, une petite fille, couchée, avait dressé la tête. Elle regardait Shasha marcher, et Shasha en passant la regardait. Le silence. Juste ce muet examen, qui s'était prolongé. Car Shasha, bien après, se retournait encore pour lorgner les deux silhouettes dont on devinait au loin les têtes figées vers nous. Il y eut aussi un long adolescent qui s'était mis en travers de la piste et auquel je donnai un demi-gobelet d'eau, en pure perte. Je ne le croyais pas capable de se relever. Cependant il commença à nous suivre, sans un mot, à une trentaine de mètres de distance. L'ombre titubante derrière nous était sinistre, terrifiait les enfants, et surtout Assambô qui craignait que ne le pourchassent ensuite des esprits. Il demanda à prendre la tête du convoi, ne supportant plus cette présence muette derrière lui. Le jeune homme disparut après quelques heures sans que l'on s'en rendît compte. Ne restaient plus dans notre dos que quelques monticules de sable dur, et au-delà des platitudes blêmes qui s'étiraient à l'infini.

La source des Pierres Plates avait sans doute donné sa dernière eau. Des centaines d'hommes et de femmes devaient se mettre en route dans le désordre. Ils allaient prendre le même chemin que nous, vider la source de départ et partir en quête du premier puit. De telle manière que nous étions très exactement au centre de deux longues processions, celle qui nous devançait et dont nous suivions les traces creusées, et celle qui commençait vraisemblablement à nous emboîter le pas. J'en fis la réflexion à Assambô qui acquiesça. Mais sa femme, elle, ne voulait plus m'écouter.

— Pourquoi les Pierres Plates ne donneraient plus rien ? m'interrogea-t-elle avec suspicion.

— L'eau commençait déjà à manquer quand nous y étions, fis-je calmement. Ils n'ont pas d'autre choix que de nous suivre.

— Qu'en sais-tu ? rétorqua-t-elle aussitôt, d'un ton grinçant.

Assambô à côté d'elle la fit taire. Elle tourna le dos et revint à ses enfants.

En ce midi du quatrième jour, nous arrivons enfin au premier point grisé de la carte.

Mais il n'y a rien.

Nous avons beau chercher, monter sur un monticule de sable, scruter l'horizon, avancer encore pendant une, puis deux bonnes heures de marche, il n'y a aucune source aux alentours.

Lassong a menti. Il n'y a pas d'eau par ici.

Le soleil est à son zénith, il faut s'arrêter, boire un peu, manger. On trouve enfin un acacia mais son ombre est courte, ramassée. On se serre contre les enfants, eux-mêmes tassés près du tronc. Ce sont encore les jambes qui grillent, ou une épaule, le coin du visage, les trois à la fois. Il faut rectifier sa position en fonction des rayons, des branches de l'arbre, du corps des autres. Mouna et Salimah sortent ce qui reste des galettes sèches de mil. Personne ne mange beaucoup, il faut même forcer les gamins. La faim n'est pas un problème. En cas de besoin, on pourra toujours tuer une brebis. Et puis vient l'eau, et là les mains se tendent, chacun son tour, moi en dernier qui lèche à petits coups de langue les parois chaudes du gobelet en terre. Dieu, quelle soif. La langue est comme un bout de viande desséchée dans la bouche, parler est difficile. Aux deux coins de la bouche la même pâte se forme, s'agglutine, durcit. On la chasse avec les doigts, elle se transforme en grumeaux qui roulent sur la peau. Autour de nous des mouches. Les insectes ne nous lâchent pas, des poux, des taons, des tiques qui boivent, et qui piquent, et qui démangent, et qui grattent, et qui se terrent dans les replis secrets de la chair, viennent dans les cheveux, sous les bras, sur le sexe, dans le creux des cuisses, autour de l'anus, et qui rendent fous, les hommes, les enfants, les femmes, et même les chèvres qui frottent leur cou contre le sable en bêlant furieusement. Avec le soleil, les lèvres éclatent comme des fruits mûrs.

Mouna a beau avoir passé régulièrement sur les visages des enfants un beurre terriblement odorant issu du lait de Chamelle, rien n'y fait. Les gamins lèchent le pourtour de leur bouche qui est comme une écorce rompue et fissurée, dont coule un sang qui sèche en petites plaques rouges. Cela fait terriblement mal et donne envie de s'arracher les lèvres avec les ongles. Toutes les parties exposées du corps souffrent ainsi, les yeux, injectés de sang, qui suppurent sur les côtés, la peau, brûlée et douloureuse, et surtout les pieds. Le sable frotte, et décape et ponce, et polit, et racle, et lime, et brosse et râpe sans répit la peau érodée qui s'amincit peu à peu, rougit, et se fend entre les orteils, sous la plante des pieds, aux talons.

Les sandales deviennent insupportables, mais impossible d'aller pieds nus. Seigneur, seigneur. Les saignements de Mouna ont repris de plus belle, ou n'ont jamais cessé. Sur les deux jambes maintenant courent des filets qui ne sèchent pas. De temps en temps, avec un bout de tissu sombre, elle essuie ses chevilles. Mais ces bouts de vie qui s'enfuient commencent à lui manquer. Elle s'essouffle, son teint est gris, elle a chuté deux fois. Si nous continuons comme cela, elle ne se relèvera pas. Salimah lui a donné des plantes qui, paraît-il, épaississent le sang et arrêtent les hémorragies. Mais il faut prendre le temps de chauffer l'infusion, puis de la consommer toutes les deux heures pendant une journée ou au moins toute une nuit. Et surtout cesser tout effort.

— Mouna n'en peut plus, dis-je à mi-voix à Assambô. Il faut s'arrêter.

Il me scrute un instant. Il s'attendait à ce que je lui dise cela. Sans doute Salimah et lui ont envisagé cette possibilité.

— Il faut continuer, répond-il, les yeux sur le côté.

— Elle n'y arrive plus.

— Il faut continuer. On n'a pas le choix. Sinon nous allons tous mourir.

J'hésite un instant.

— Alors pars en avant. Je te rejoindrai dès que possible.

C'est ce qu'il voulait. Il hoche la tête, me tape sur l'épaule, un peu inquiet. Car jusqu'alors tout reposait sur moi.

— Dieu soit avec toi, me dit-il en souriant.

C'est la dernière image que j'ai conservée de lui.

5

Lentement, le crépuscule est venu.

Mouna s'est endormie. À ses côtés, Shasha et Kizou, blottis contre elle, qui sommeillent depuis plusieurs heures déjà. Les deux garçons font pareil, assis, dos contre le tronc. Dormez, je m'occupe de tout. Rien ne va mal. Je ne suis né sans doute que pour vous défendre. Vous n'avez rien à craindre. J'ai encore un peu d'eau, nous avons à manger. Chamelle, les antérieurs entravés, se tient tout près. Paisible. Pour une fois, elle ne râle ni ne grinche. Elle broute tranquillement des rameaux que je suis allé chercher en haut de l'acacia. Je peux la contempler des heures durant, cela m'apaise. Elle se doute que je l'observe. Parfois, elle tourne la tête vers moi. Puis, un peu flattée sans doute, retourne à sa mastication, le museau vers l'horizon en prenant un air de très noble indifférence. Demain, elle nous apportera quelques litres d'un bon lait chaud. Comme chaque jour, elle fera des manières pour se laisser traire, ouvrira la gueule d'un air furieux en grondant comme un chien en colère. Bonne fille, elle donnera pourtant tout ce qu'elle a. Rien ne va mal. J'ai fait un peu de feu. Dans un plat en métal gris, l'eau bout. Les plantes marron flottent en tournoyant, auréolées de petites bulles qui montent à la surface en nuages.

— Mouna, réveille-toi, dis-je en allant vers elle, sans bruit.

Elle met son bras devant le front, cligne un instant les yeux, encore dans un brouillard de rêves et de néant ; puis me sourit avec douceur, prend le plat que j'ai entouré de chiffons pour qu'elle ne se brûle pas. L'eau est très chaude, elle souffle longuement la fumée qui s'en échappe, ses longs cils baissés. J'aime sa beauté muette qui se révèle ainsi, comme un secret inattendu susurré tout bas. Sous le nez droit, aux narines si fines que leur texture est comme un pétale, les lèvres ont la couleur des pierres roses. Sa peau très sombre est salie et sous les yeux, de grands cernes lui donnent un air triste. Même fatiguée ainsi, elle reste belle, racée comme une antilope, les hanches cambrées sous un buste fin qui portent les seins comme deux petits fruits, haut placés. Elle ne ressemble en rien aux femmes que l'on aime par ici, le bassin très large, les mamelles lourdes et chaudes.

Elle chuchote, un peu moqueuse :

— Tu ne me regardes pas comme on regarde une malade.

— C'est parce que tu es déjà presque guérie.

Je remonte les tissus vers le haut de ses jambes. Elle met la main sur son genou, tente de les retenir. Fermement, je remonte l'étoffe jusqu'au ventre.

Elle a entre les cuisses un linge d'un brun foncé. C'est le sang séché qui lui donne cette couleur. Il s'est accumulé là un petit magma noirâtre dont l'odeur insistante et sucrée donne envie de vomir. Les mouches, nombreuses, viennent y boire. Il ne sert à rien de lutter contre elles. Elles ne peuvent pas faire de mal.

— Ça a fini de couler, dis-je, les sourcils froncés, sans être trop sûr.

Elle hoche la tête, rabat la robe sur ses jambes, me dit de mettre un couvercle sur le plat pour que ne se perde pas l'eau en vapeur, et glisse sans prévenir dans un nouveau sommeil comme dans une mer sombre. Alors je continue de veiller. J'en profite pour poursuivre mon journal. Pendant ce temps, les deux pattes repliées devant elle, quelques longs poils blancs frissonnant sous la gorge, Chamelle mâche, muette et dédaigneuse, et considère les lointains. Ce sont des platitudes découpées en minces lambeaux, aux nuances parfois imperceptibles de rouille, d'ocre, de beige, de cuivre, et même de gris ou de bleu, qui s'enlacent, marquées çà et là d'éclairs incompréhensibles de lueur vive. De l'autre côté, là-bas, juste derrière le petit groupe de chèvres et de brebis, il y a la grande mer de dunes qui se déploie comme une succession de cambrures. Une lumière affadie les effleure, tiède et orangée.

Les enfants respirent d'un souffle doux et régulier. Tout le reste est silence.

Le ciel se tapisse d'étoiles.

Que nous sommes seuls.

Tout mon bien est là, autour de cet arbre. Comment, en traversant quarante-quatre saisons identiques, ai-je pu amasser si peu ? J'aurais pu me débrouiller pour avoir aujourd'hui cent, deux cents, ou même mille chèvres. Il paraît qu'un de mes frères est ainsi, éleveur quelque part dans le nord. Je ne le sais pas, je ne l'ai jamais revu. Mais qu'aurais-je de plus avec cent ou même mille bêtes ? Je porterais autour des os une graisse épaisse au lieu d'être décharné comme aujourd'hui. Cependant je resterais de viande et d'os, ma cervelle allant pareillement pourrir un jour sans que ces mille chèvres y puissent rien. Ma vie se tend chaque jour comme une peau douloureuse mais au moins elle m'apporte en consolation la conscience de moi, du temps, de Dieu, des miens. Dans les pays d'opulence, il paraît que les hommes s'assoupissent. Ils ne se réveillent qu'à l'heure de mourir, avec un sentiment de terreur absolu, leur existence soudain plus nue que tous nos déserts. On m'a raconté cela, c'étaient des gens qui avaient vécu dans la richesse, et même en Occident. Je n'en sais rien moi, mais cela m'arrange un peu de le penser.

Mon retour à Assouh, misérable et affamé, avait été moqué. D'ailleurs je n'avais pas voulu m'installer dans le village, aucune femme n'aurait voulu de moi, j'avais préféré aller plus loin, au sein d'un clan ami réuni dans la savane. D'autres s'en étaient retournés au pays avec des biens, des cadeaux, de l'argent. Pressentant que les choses allaient mal, ils avaient quitté la capitale à temps. Moi, je ne voulais pas repartir, j'étais resté jusqu'au bout en perdant tout. J'étais persuadé que le chaos ne pourrait se poursuivre, que les choses allaient s'arranger. J'avais acheté une petite maison en empruntant de l'argent, l'équivalent de six ans de mon salaire d'instituteur. En un jour, à la suite d'une évolution compliquée des finances, j'avais pu tout rembourser en apportant deux sacs pleins de billets, qui permettaient désormais d'acheter tout juste cinq galettes de mil. Étais-je content ce jour-là ! Décidé à rester dans la ville, coûte que coûte. Mais ensuite il n'y eut plus d'argent. Ou plus exactement, il y en avait tellement qu'il ne valait plus rien du tout, même pas son poids en papier. Pour les êtres, c'était pareil. Plus la population s'enflait, grossissait, pullulait, moins la vie de chaque individu comptait. On tuait partout, dans les rues, les casernes, les écoles, les ministères, les lieux de culte aussi. Mais, quelques mois à peine avant que l'on ne vienne m'arrêter, j'étais encore confiant. Ne m'ayant pas trouvé, les soldats embarquèrent ma femme et les deux enfants. Et, personne ne sut pourquoi, toute la famille de l'habitation voisine. Ils les tuèrent le lendemain sans doute, comme cela se faisait d'habitude, ou peut-être le surlendemain, tandis que je fuyais à travers le pays.

Je me suis demandé à plusieurs reprises ce qu'était devenue la maison. Mais il paraît que la ville n'est plus qu'une plaie ouverte, un champ de trous et de gravats planté de moignons de murs, maculés d'impacts de balles et de mortier. Peu importe, je ne veux jamais y retourner. Qu'ils gardent la maison et ses ruines.

— Shhhhh, fais-je à Chamelle qui, piquée par quelque bête, a crié si fort qu'elle m'a fait sursauter.

Les enfants s'ébrouent, Ako ouvre les yeux et considère le vide, puis tous se rendorment. Nous allons prendre un jour de retard. Si l'eau est vraiment très loin, cette journée perdue peut nous coûter la vie. Mais si Assambô trouve un puits, il reviendra sans doute en arrière pour nous en porter. Ou s'il tombe sur un danger imprévu, il fera demi-tour pour nous prévenir. Il marche désormais en éclaireur. À lui l'eau, s'il la trouve. À lui, aussi, les risques. C'est sans doute Salimah qui l'a convaincu de nous quitter. De toute façon, ses trois gamins devraient le ralentir. Les miens, reposés, vont avancer beaucoup plus vite. Mouna devrait se sentir rapidement mieux. Plus rien ne coule entre ses cuisses. En partant demain aux aurores, nous devrions donc assez vite les rattraper.

Le froid vient maintenant, glacial. J'ai installé deux grandes couvertures sous lesquelles tous se blottissent. Mouna a bu les yeux fermés, sans un mot. En plus des plantes, j'ai fait chauffer dans le breuvage des petits objets de fer – des clous, une lame, un dé – qui ont rougi la surface en libérant des éclats de rouille. C'est ainsi que Salimah m'a dit de faire. Cela ne devait pas être bon, Mouna a fait la grimace. La nuit entière, je lui ai apporté la décoction toutes les deux heures environ, entretenant le feu, le reste du temps perdu dans des songes sans pensées, le visage tourné vers un ciel parsemé d'innombrables pointes blanches que traversait parfois, comme un voyageur solitaire et pressé, un nuage crayeux. Vers le milieu de la nuit, encore en sommeil, Shasha s'est levée comme une ombre. Elle a esquissé quelques pas rapides et mal équilibrés, dansant d'une jambe sur l'autre, jusqu'à l'enclos que nous avons improvisé pour les bêtes. Je la voyais de dos, sa petite silhouette enveloppée d'une ample robe écrue qui lui tombait juste au-dessus des chevilles, quelques volutes de cheveux s'échappant des nattes en désordre et frisant tout autour de sa tête. Debout sur ses pieds nus, elle a tenu le fil de l'enclos entre ses mains serrées et cherché sa bête. Quand elle l'a découverte, elle a fait demi-tour, est passée devant moi sans me voir pour aller se recoucher au même endroit, sans bruit.

Au moment où une lueur douce a commencé à pâlir le fond de la nuit, j'ai réveillé à mi-voix Ravil pour qu'il prenne la garde à ma place. Je n'ai pas réussi à m'endormir. Je regardais le soleil se lever, le visage tourné vers l'Orient, les yeux mi-clos, comme on observe en silence un ennemi déployer à chaque seconde de nouvelles forces avant d'entamer le combat. Mouna, levée à son tour, s'est occupée de Chamelle, des chèvres et des brebis. Elle allait mieux, nous allions pouvoir repartir. Je me suis étiré longuement, la couverture à mes pieds, la poitrine un peu douloureuse, comme une courbature. C'était Shasha qui, s'étant rapproché de moi, dormait, la tête sur mes côtes. Je l'ai soulevée délicatement par la nuque pour la déposer sur un bout de tissu.

— Ce n'est pas la peine, Pouzzi, je suis réveillée depuis longtemps, a-t-elle lâché d'une voix ensommeillée, disant le contraire.

Nous avons prié de longues minutes, en négligeant le soleil qui nous mordait la moitié du visage et notre œil droit grand ouvert. Puis nous avons repris la route derrière Chamelle qui, d'excellente humeur, avait des envies de galop, et tirait sur le licol en me sciant les mains comme jamais.

C'est le lendemain vers midi que cela s'est passé.

Je vois trop tard les deux voitures bloquant la piste, à la sortie d'une très grande termitière. On ne peut plus se cacher ou faire demi-tour. Il faut aller de l'avant comme si de rien n'était. Plus personne ne parle, même les bêtes sont silencieuses comme si elles avaient conscience du danger droit devant. Les véhicules, immobiles sous le soleil et encadrant la piste, semblent nous attendre comme les deux bras d'une grande pince de métal. Nous marchons à pas lents, le cœur battant, forcés par le destin. Ce n'est heureusement pas Lassong ni sa sinistre équipe. J'ai reconnu des soldats de l'*armée bleue*, appelée comme cela parce que l'uniforme de l'autre côté de la frontière est gris bleuté. Les nôtres ont des treillis beiges. C'est à peu près tout ce qui les distingue.

— Halte ! crie un officier qui se tient debout devant la jeep.

Nous nous arrêtons aussitôt. Mouna vient à mes côtés, les quatre enfants se glissent derrière nous, apeurés. Ils sont plusieurs hommes dans deux voitures, une jeep et un camion sans bâche, avec sur ce dernier un homme derrière une mitrailleuse, un bandeau autour du front, les deux mains posées à l'arrière du corps carré qui vomit une grande cartouchière plate. Derrière les voitures, à quelques centaines de mètres, une pente douce de terre ou de sable tachée de petites plaques sombres disséminées.

— Halte ! répète-t-il en beuglant, alors même que nous ne bougeons plus.

Sans un mot, Mouna prend discrètement ma main et la serre, son visage tendu vers l'ombre d'un grand acacia tout proche. Sous l'arbre, le chameau d'Assambô qui flaire les branches. Seul.

— Vous venez de passer la frontière. Vous êtes en état d'arrestation ! hurle celui qui visiblement mène le groupe.

C'est un homme maigre et sans âge, à qui il manque des dents. Il a mis sur les épaules de sa veste plusieurs galons, sur sa poitrine des décorations avec au centre une bouteille stylisée de Coca-

Cola. Au bas, son pantalon est une guenille. Dans les deux véhicules, les soldats, jeunes, nous contemplent d'un air indifférent ou mauvais. Celui qui tient la mitrailleuse fixe ses yeux rouges sur nous.

— Votre amende est de...

L'officier cite un chiffre énorme, en millions. Et les hommes de rire soudain, hilares, de taper sur la carrosserie avec le plat de la main, en faisant un grand bruit de tôle, un boucan du tonnerre. Certains ont quinze ou seize ans au plus. Je connais ces physionomies de brutes. Rien n'a changé. Ils sont ivres de *Bong,* une boisson non distillée de mil, si forte qu'à trop la consommer, on devient aveugle. Certains, pour en accroître l'effet, prennent en même temps du *Quak-drug*, une plante opiacée dont la fumée s'aspire au bout d'un bambou ou d'une canne à sucre. L'homme à la mitrailleuse n'a pas bougé. J'attends que les autres aient fini de rire et explique que je n'ai pas d'argent, aucun argent, que je n'ai que des chèvres, des brebis et mon chameau.

— Que veux-tu que j'en foute de ton chameau ? On en a déjà un, s'emporte l'homme, en prenant les autres à témoin. Tiens, tu vois celui-là. Combien m'en donnes-tu ?

Je dis qu'il est très beau mais que je n'ai pas d'argent. Sur la colline derrière les hommes, les taches sombres sont celles des bêtes d'Assambô. Abattues. Les rapaces tournent là-bas, un ou deux se sont déjà posés et les picorent à grands coups de bec. Où sont Assambô, sa femme et ses enfants ? Je ne vois rien. L'homme s'énerve soudain.

— Pas d'argent ! Vous aussi, vous êtes des rebelles ! Vous êtes en état d'arrestation, répète-t-il sans trop savoir quoi dire.

Je dis que je ne suis pas indépendantiste, que je cherche de l'eau, que nous avons soif, mes enfants et moi. J'essaie de répondre de la manière la plus simple, la plus humble qui soit. Sans jamais cesser de réfléchir. Mais, derrière moi, une bête s'écarte de quelques mètres. Aussitôt, dans un vacarme d'enfer, se mettent à bourdonner des balles, qui s'enfoncent dans le sable et les chairs avec un bruit mat, l'homme courbé sur son arme, tressautant avec elle, s'acharnant sur la bête qu'il continue de mitrailler à terre. Les soldats hurlent, tapent des mains et beuglent. Chamelle donne de formidables coups de tête, mais je la tiens si fort qu'elle n'arrive pas à s'enfuir. Quand l'homme au bandeau s'arrête enfin, et que le silence des sables fige à nouveau le temps, je vois sur sa figure un reflet de jouissance. Derrière nous, j'entends Kizou pleurer tout bas, terrifié.

— Chef, un rebelle tentait de s'enfuir, claironne-t-il.

Autour de lui, des sifflements, des cris et lazzis. Mais ne rient que les hommes du camion. Visiblement l'homme au bandeau attend la première occasion pour braquer son arme sur la jeep et mitrailler ses occupants. Il n'y a que l'officier pour croire que ses galons de pacotille le protègent. C'est l'artilleur qui de toute évidence commandera bientôt le groupe entier. Je ne le lâche pas d'un œil. Je connais ces gens-là, je les ai vus à l'œuvre. Son arme est comme le prolongement du corps. Elle crache du plomb exactement comme le sexe projette la semence. Il nous vise à nouveau avec le besoin impérieux de tirer, tirer, tirer encore, sentir la trépidation dans les mains, jusqu'au creux des chairs. Il voudrait finir la tâche commencée cette nuit. Lui apporter une justification en la répétant, inlassablement. Là-bas, sous l'arbre, je viens de distinguer plusieurs formes sombres et allongées près desquelles les oiseaux semblent se reposer et boire. Ce doit être Assambô et ses enfants. L'homme va tirer. Il en a trop envie. Il aimerait que l'on s'enfuie de tous côtés, qu'il ait à nous viser les uns après les autres, à suivre les corps terrorisés, à les voir tomber. Serrés les uns contre les autres, faciles à abattre d'une seule rafale, on lui enlève du plaisir. Mais il veut faire chauffer et gicler le métal, cela se sent à la tension de son visage, à son impatience, à l'excitation qui monte en lui serrant la gorge. Il n'écoute plus son chef qui continue à pérorer.

Seigneur, il va tirer.

Je ne peux rien faire pour l'arrêter.

Mouna pourtant se redresse, jette un œil sombre vers les hommes et, cambrée, file d'un pas lent sur le côté en passant une main sur sa nuque. Sur ces quelques mètres, elle leur donne tout, les seins doux sous le tissu, les chaudes chairs des cuisses, et puis la peau tendre et ferme des fesses aussi, son pubis dont elle laisse deviner le renflement sous la robe aux pans coincés entre ses cuisses. En quelques secondes, elle a réussi à prendre avec elle la lumière, nous mettant moi et les quatre enfants à l'abri, quelques instants dans l'ombre. Les soldats détaillent son corps d'un air avide tandis que l'homme au bandeau, penché sur son arme, retient son geste et la lorgne de biais ainsi que l'officier qui continue de brailler.

— Nous l'avons interrogée la garce, crie-t-il. Toute la nuit, et le matin aussi. Elle criait, on l'a fait avouer d'abord à coups de bâton, ensuite à grands coups de sexe, chaque homme l'un après l'autre, et puis on recommençait. Elle a tout avoué, qu'elle avait posé des bombes, et que son mari avait tiré sur les soldats, sur des enfants, elle aussi. Et elle n'arrêtait pas de parler en hurlant, alors on remettait ça, car les indépendantistes sont des chiens, et en plus ils n'avaient pas d'argent, on ne sait plus quand elle est morte, on continuait à l'interroger, la garce ne bougeait plus. Au matin, l'homme nous a attaqués à coups de machette avec ses complices. Ils ont eu leur compte, on les a tous troués de bas en haut. On n'a sauvé que le chameau. Allez-vous l'acheter ce chameau, oui ou non, bâtards ?

Il s'est tourné vers moi, excédé. La diversion de Mouna n'a pas duré. Ils n'ont pas faim d'une femme. Ils sont repus, repus de la chair de Salimah. Et pressés. Ils n'ont aucune envie de rester trop près des corps, on ne sait jamais. S'ils n'ont pas filé, c'est qu'ils voudraient monnayer le chameau. C'est une marchandise précieuse qu'ils ne veulent pas abandonner. C'est la seule chose qu'ils respectent, l'argent. Peut-être même ne sont-ils pas militaires, et ont-ils dépouillé des cadavres pour voler leurs uniformes. Alors j'implore. Longuement. Pour qu'ils nous laissent la vie. Je les supplie de ne pas tuer les enfants, de ne pas massacrer une famille aussi innocente que toutes les familles dont sont issus les vaillants soldats ici. J'ai les yeux qui pleurent, la voix tremblante. Les soldats ricanent, font du bruit, tapent sur la carrosserie, se moquent de moi jusqu'à ce que je me taise.

Ivre de puissance, plastronnant et marchant de long en large devant la voiture, l'officier, amusé, me fait une offre. Il me dit de choisir un gamin, un seul, que je lui donnerai, pour montrer que je suis un bon citoyen, en guerre contre les chiens d'indépendantistes. Après, il me laissera partir.

Je n'ai pas le choix. L'homme derrière la mitrailleuse attend, sa curiosité ayant pris le pas sur l'impatience. À coup sûr, ils veulent les yeux d'un enfant pour les vendre aux Blancs. Mouna est venue face à moi, avec sur son visage une prière. Mais je sais qu'ils n'attendent qu'une chose : que je refuse pour tous nous massacrer.

— Prends la petite, dis-je alors en m'écartant, tout en saisissant Shasha par la nuque pour la faire avancer.

Elle pousse un cri, se dégage en baissant la tête,

m'échappe ainsi et court se réfugier derrière Imi. L'officier me toise, interloqué.

— Prends la petite derrière moi, dis-je encore, négligeant Mouna, ses yeux exorbités sur moi.

L'officier se fâche et se met à hurler :

— C'est un des deux-là que je veux – il pointe Ako et Ravil. Que veux-tu que l'on fasse avec une gamine qui ne pourra même pas porter nos armes ?

Il y a un temps de silence. Il veut un enfant pour s'occuper des armes, tirer avec les autres et partir en premier vers l'ennemi. Je connais ça aussi. Je ne peux pas. Je ne veux pas sacrifier l'un de mes deux garçons. Mon visage se ferme sans doute, et d'un geste brusque, l'homme au bandeau répond en armant la mitrailleuse. Cela fait un bruit sec, métallique, en deux temps. Les soldats lèvent la tête, intéressés, attendent le vacarme du feu.

— J'y vais, dit d'une voix décidée Ravil, derrière moi.

Il marche rapidement vers les hommes. J'ai envie de lui crier « Pas la voiture ! » Mais j'ai peur de déclencher une pluie de balles. Par chance, il monte dans le camion et va s'asseoir entre deux soldats. Tous les yeux sont tournés vers lui. Alors, je donne un coup sec au licol du chameau, vers le bas, là où la bouche est la plus sensible. Chamelle répond par un coup de tête furieux, et je lui laisse un tout petit peu de jeu, de quoi suffire pour l'exaspérer. En blatérant d'une voix furieuse, elle me traîne derrière elle, et j'avance ainsi, sous les rires des soldats qui me voient dominé et vaincu par mon propre cha-

meau, derrière moi les enfants et les bêtes s'engouf-
frent, et j'entrevois la mine de Ravil en passant,
son petit sourire, un geste discret de la main, un
aboiement encore, qui dit halte, sans trop y croire,
d'autres rires encore, des moqueries, des insultes,
et nous nous libérons enfin, franchissons l'espace
restreint entre les deux voitures, la mitrailleuse soudain impuissante, car il faudrait que le camion fasse
demi-tour pour se remettre en position, et ces sol-
dats-là sont bien trop dans la facilité des balles et
de la mort pour faire un tel effort. Derrière nous,
le vrombissement des moteurs nous fait bondir
le cœur. Il y a quelques coups de feu encore, des
exclamations, une masse qui tombe. Puis le bruit
décroît, et meurt lentement. Nous nous retournons
alors pour regarder, le cœur serré, les voitures disparaître dans un grand brouillard de poussières.

Nous restons comme cela, debout, jusqu'à ce
qu'il n'y ait plus rien sinon un petit nuage gris ré-
trécissant dans les immensités. Mouna contemple
l'horizon, le visage traversé de frémissements, sans
mot ni pleur, et l'arbre où gisent le chameau abattu
et les corps étendus, et plus loin, la colline tachée
d'ombres et d'oiseaux noirs. Avant de reprendre la
route, elle m'adresse un long regard silencieux dans
lequel flottent des images, des lueurs et des mots
que je ne sais ni saisir ni comprendre.

La nuit fut d'une beauté à couper le souffle.
Jamais il n'y avait eu autant d'étoiles, une lune

aussi parfaitement ronde, comme un soleil passé à la craie et gommé des rayons douloureux, et puis des horizons si intensément colorés qu'ils en étaient mauves. Avec l'eau qui commençait à manquer, Chamelle avait moins de charge à porter. J'en avais profité pour mettre les deux petits sur son dos. Nous les avions amarrés avec toutes les cordes disponibles pour qu'ils ne tombent pas. Ils étaient l'un derrière l'autre, endormis, Kizou devant, Shasha courbée sur lui, sa petite tête sur son épaule. Dans la nuit bleue, c'était chose étrange que ces deux petits aux yeux clos, accompagnant mollement le balancement du dromadaire, et leurs figures enfantines, blanchies par la lumière de lune et haut perchées, me donnaient des frissons.

Nous étions convenus de marcher toute la nuit pour aller plus vite vers l'eau. C'était un prétexte. Nous voulions surtout échapper à l'image de Ravil, nous abrutir de fatigue pour l'oublier. Chaque pas nous éloignait du camion où il avait pris place. Parfois j'arrivais à ne pas y penser. Ne restait que le sentiment confus que quelque chose d'important s'était produit aujourd'hui. Important et vague. Puis son absence soudain me cognait l'estomac en m'apportant un intense sentiment d'angoisse. Mouna cheminait à mes côtés, muette. Il nous était impossible de dire un mot sur lui, nous échangions des propos pratiques, des choses sur l'eau, sur les enfants là-haut sur le chameau, sur la direction à prendre bientôt pour éviter les mines. Mais rien sur notre fils.

— Dis, il va revenir bientôt Ravil ? demanda pourtant Ako, au milieu de la nuit, d'une voix enrouée par la fatigue et l'anxiété.

Je lui répondis qu'il était sain et sauf en tout cas. Comme nous tous. C'était cela l'important. Et pour le reste, Dieu seul savait.

— On va bientôt arriver ? interrogea-t-il encore, le même voile d'inquiétude sur les mots.

— Bientôt, dis-je, rassurant.

6

J'avais été trop optimiste. Là où le soldat Lassong avait dessiné son deuxième point gris, il n'y avait rien. Pas de puits. Rien du tout. L'eau manquait maintenant, j'avais beau l'avoir économisée, goutte par goutte, les outres étaient vides. Ou quasiment. Ne restait désormais que le lait de Chamelle.

Nous cheminions toujours sur la même piste. À un moment, les empreintes de pas s'en étaient écartées, coupant sur la droite. Rien n'expliquait ce changement de cap. Surtout que les traces s'enfonçaient dans un sol mou et difficile, en direction de la zone des mines, celle que Lassong avait marquée de croix noires. Indécis, j'avais réfléchi longtemps, debout, la boussole en main. Je considérai tour à tour le papier et les points d'horizon. Mouna et les enfants patientaient, debout, sous le soleil. Je décidai finalement de rester sur la piste de terre qui longeait les sables et dont l'orientation sur la boussole se figeait à égale distance du nord et de l'est. J'étais conscient que cela rallongeait la route. Que cela augmentait donc notre menace d'épuisement. Mais je ne voulais pas prendre le risque de sauter sur ces engins de mort, qui, immobiles et muets comme des serpents noirs, attendaient leur heure lovés dans les sables. Certains bruits sourds qui avaient traversé la nuit m'engageaient à la prudence. Ce pouvait être justement des explosions de mines. Peut-être aussi des soldats qui tiraient au canon sur les convois. Ou alors, mais c'était moins sûr, des éboulements lointains de pierres.

Pour une fois, Lassong ne nous avait pas trompés. Au bout de quelques heures, apparut au loin une inscription, écrite en couleur blanche, suivie d'un sigle militaire avec des numéros. Nous passâmes à bonne distance, en lorgnant le panneau de bois planté haut sur la colline dorée. Mes yeux n'étaient pas assez bons, ce fut Ako qui lut l'inscription. Il fit comme je lui avais appris et prononça à voix forte : MINES. Et, soudain très fier, son bâton pris haut en main, il marcha quelque temps d'un pas plus alerte, en oubliant tout, et sa soif aussi. Jusqu'à ce que lentement, sans bruit, comme une brume légère, la mort revienne l'accompagner comme elle nous accompagnait tous désormais, muette et sage encore, dissimulée dans des rêveries douces et des songes sans importance, ne s'en prenant qu'aux animaux et attendant son heure.

La veille, Ako, toujours sur ses gardes, avait poussé un cri d'alerte. C'était en fin de journée. Une brebis était à terre et attendait, couchée, ses yeux vides grands ouverts, un bout de langue rose sortie des dents. Nous nous mîmes en rond autour d'elle. Shasha, accroupie, la scrutait d'une figure attentive.

— Elle va crever, murmura Ako, évaluant la bête et ses flancs creux agités d'un mouvement lent de vague.

Elle se laissa égorger sans une plainte. Cela faisait de la viande pour un jour ou deux. On la mit dans un grand tissu de jute qui se colora de plaques sombres. Une incroyable masse de mouches vint s'y agglutiner. À croire que toutes les mouches de la savane desséchée s'étaient donné rendez-vous là, pour peindre de noir les auréoles de sang. Chamelle fit des histoires pour porter le cadavre. Chaque fois que l'on tentait d'accrocher le sac à son harnachement, elle pivotait sur elle-même rendant la manœuvre impossible. Les mouches s'envolaient dans un nuage sombre. Il fallut que Mouna, prenant le licol, donne deux ou trois coups secs sur sa bouche pour que la chamelle se tienne enfin tranquille. Mais en marchant, elle jetait en permanence la tête vers le flanc d'où pendait la chair morte. Cela donnait le tournis aux enfants. Les coups de bâton n'y faisaient rien.

Au matin, deux autres brebis s'effondrèrent, la dernière sans un bruit. Shasha voulut descendre du chameau pour aller voir. Nous n'avions pas le temps. Alors, inquiète, la main posée sur l'épaule de Kizou, la fillette tourna la tête et encouragea sa chèvre, « Allez Imi, allez ! », à grands cris perçants.

Et je crois bien que la chèvre lui répondit car elle lâcha deux ou trois fois des « Bêêêê » sonores en secouant sa barbichette. Je ris. Mouna aussi, ses lèvres fendues par le soleil. Elle vint vers moi. Posa la main sur mon épaule, tandis que nous marchions. Doucement. Sans un mot. C'était la première fois depuis le départ de Ravil. Et nos yeux se sont croisés, serrés, enlacés pour un instant très court qu'une vie ne suffirait pas à décrire. Cela ne dura que le temps d'un bourdonnement de mouche.

Les chèvres tenaient à peu près le coup mais les brebis tombaient maintenant l'une après l'autre. Il n'y avait rien d'anormal à cela, voilà plus de cinq jours que je ne leur donnais plus d'eau. C'était tout mon bien qui finissait là, gisant sur le sol, et puis disparaissait, mètre après mètre, avalé derrière nous par le sol gris, les sables et les distances. En m'infligeant cela, Dieu voulait sans doute me donner une leçon, m'adresser un message. Il fallait écouter sa voix dans le vent.

Mais il n'y avait pas de vent.

Tout d'un coup, il m'apparut que je risquais de tout perdre. Ce fut comme une claque sèche entre les tempes. Je balayai pourtant cette pensée au loin comme on chasse une ombre. Bien sûr, je devais admettre que, depuis toujours et malgré moi, tout avait filé, et glissé, et fui entre mes doigts. Les choses, les bêtes et les êtres. C'était à cause de cette musique sans air qui se moquait de toutes mes initiatives en leur apportant un caractère diffus de vacuité. Je faisais tout avec sérieux et application.

Avec logique aussi. Mais les choses échouaient car Dieu le voulait ainsi, pour des raisons qui m'échappaient. Et la détestable musique reprenait, ironique, en jouant ses notes, aigrelettes et haut perchées. Depuis notre départ pourtant, tout cela avait cessé. Il n'y avait plus qu'un son, ample et d'une pureté si parfaite qu'il me donnait le frisson. Cette musique sans air ne me quittait pas, et même semblait croître à mesure que nous avancions. Peut-être toute ma vie avais-je attendu ce voyage. Dans mon dénuement extrême, à défier le vide des paysages, les jours foudroyants et les nuits glacées, à protéger les vies infiniment fragiles de Mouna, des enfants et des animaux, à mesure que mon propre corps s'asséchait et s'épuisait, je sentais une force curieuse grandir en moi. Il n'arriverait rien à ma femme et à mes enfants. Cela criait en moi sans arrêt. Et personne ne volerait les yeux de quiconque. C'était devenu une obsession. Si le péril se présentait à nouveau, j'étais prêt à me sacrifier quitte à ce que toute la famille, sans moi, disparaisse. Car cela dépassait en infamie tout ce que j'avais pu voir quatorze ans plus tôt. Je ne savais pas qu'il pouvait y avoir de la modernité dans ces choses-là.

— Pouzzi, si une bête est fatiguée, ou pourra la mettre sur le chameau ? m'interroge Shasha dont le buste se coule, sans qu'elle y pense, dans le balancement en creux de sa monture.

— Non, dis-je, pâteux, en économisant mes mots. Elle se débattrait. Et puis Chamelle n'en voudrait pas. Avec vous, cela ferait trop lourd.

— Oh moi, je peux bien marcher. Il n'y a pas de problème, assure-t-elle aussitôt.

Je ne réponds pas.

— Et si je me débrouillais pour que la bête se tienne tranquille, toi, tu saurais t'occuper de Chamelle ?

Je fais non d'un signe. Elle esquisse une moue, réfléchit longuement.

— Alors, il faudra que je la porte moi-même, conclut-elle, en hochant la tête avec résolution.

Je l'examine en silence. Elle se plaint peu. La voilà qui, en équilibre sur le dromadaire, remet tant bien que mal en place ses nattes. Et je l'entends pester à haute voix en tirant sur ses cheveux avec un petit peigne en bois qui n'a que deux dents. Je ne sais d'où elle puise cette énergie. Peut-être d'ailleurs est-elle aussi harassée que ses frères. Ne resterait alors que cette crânerie qui la conduisait déjà, toute petite, à se cacher pour pleurer, puis à se promener dans le village en faisant un « pfffff » désinvolte. Ou encore quand je lui donnais une correction, à la subir sans un cri, son visage se froissant à chaque coup, elle repartant ensuite en souriant, des perles d'argent au coin des yeux.

Cependant personne ne peut tromper longtemps l'immensité des sables et son silence. Shasha fait preuve d'une résistance étonnante voilà tout. Ce n'est pas le cas de Kizou. Depuis deux jours, il a des diarrhées sombres et régulières. Elles coulent sous lui sans qu'il s'en rende compte, souillent le pelage de Chamelle de rigoles sombres. Torse nu, le garçonnet tangue, les yeux mi-clos, comme grignoté de l'intérieur, la peau grise par endroits, la figure ravagée et le corps se repliant comme une feuille qui se flétrit. Shasha le maintient en équilibre en enserrant sa taille.

— Il me tient chaud ! se plaint-elle en soupirant sans qu'elle le lâche un instant.

La diarrhée affaiblit pourtant le gamin d'heure en heure. C'est une eau trouvée il y a deux jours au bas d'une dune qui en est la cause. Elle stagnait dans un trou étroit d'une trentaine de centimètres qu'avait creusé une bête. Au matin la rosée devait glisser sur les pentes, remplir le trou avant de s'assécher, un peu d'eau restant toujours au fond. Nous avons puisé en totalité ce liquide gris qui avait une odeur âcre de pourri, d'urine et de fer. Nous l'avons donnée à Kizou, qui est le plus petit. Depuis, sans arrêt, le garçonnet se vide. J'ai conscience que c'est dangereux pour lui, je ne sais pas dans quelle mesure.

Rien ne va. Depuis ce matin, Mouna passe la main sur sa cheville, sans ralentir, comme on chasse un insecte qui pique. Je n'y prêtais jusqu'alors pas vraiment attention, ne regardant que l'image teintée de feu, la silhouette racée qui, se baissant, semblait ramasser d'un mouvement souple quelque chose qui ondoyait au-dessus du sol et lui léchait la peau. C'était un geste simple qu'elle alternait parfois en s'arrêtant, debout sur une jambe, en levant l'autre à proximité de sa main pour chasser cet intrus qui lui agaçait le mollet. Quand elle faisait cela, comme un animal en arrêt, long et gracieux, je n'arrivais pas à détacher mes yeux de sa cambrure sous les tissus cuivrés par le soleil. M'étant rapproché d'elle, je m'aperçois maintenant qu'il n'y a ni mouche ni moustique. C'est le sang à nouveau qui file et qu'elle frotte du bout des doigts. Elle lance un regard rapide vers moi, croise mes yeux, voit que j'ai vu, et sans que nous échangions un mot, reprend sa marche, ses pieds effleurant la poussière.

Nous nous arrêtons au soir, exténués, dans un abri de béton, englouti aux deux tiers par les sables. Ce doit être un refuge pour les soldats. Ou un poste d'observation. Nous couchons Kizou dans un coin, en vérifiant qu'aucun scorpion ne s'est glissé dans la pièce. Le gamin pousse quelques plaintes, refuse du lait et s'endort aussitôt comme une pierre jetée au fond d'un puits. Mouna examine avec appréhension sa figure fripée.

J'allume un feu à l'extérieur avec les arbustes secs trouvés aux alentours. Chamelle, baraquée, blatère à tout rompre à cause de la fumée qui lui irrite les naseaux.

— Je vais la changer d'endroit, dit Ako.

Il fait lever la chamelle, les membres postérieurs d'abord, puis les antérieurs, comme une voile se déploie au vent, pour la conduire avec fermeté sur l'autre côté. Depuis la disparition de son frère, Ako a pris mécaniquement la place de l'absent et sa mission muette. Il veille désormais sur les bêtes et sur sa petite sœur, nous apportant un coup de main précieux ou un avis timide. Cela déteint sur son comportement, moins anxieux. Mais pour rien au monde, il ne quitterait le talisman que lui a creusé dans le bois le malheureux Assambô.

On mange peu. Il reste pourtant beaucoup de viande, de quoi se rassasier à satiété. Mais son odeur forte provoque le dégoût. Et puis la viande s'embrouille avec la pâte dans la bouche, et l'on ne pense au fond qu'à une chose, boire. Pour cela, il y a le lait de Chamelle. Compté, lourd, et salé, il apporte un écœurement supplémentaire sans désaltérer. Ako et Shasha vont se coucher, épuisés de fatigue. Je trouve encore la force d'écrire quelques lignes sur ce cahier. Nous restons tous les deux autour du feu. Mouna s'inquiète pour Kizou et son teint de cendre. Je l'écoute, gêné par quelque chose qui me sépare d'elle, comme une brume légère rendant floue sa présence et assourdissant sa voix. Je ne sais pas ce que c'est. Cela ressemble à une odeur familière que l'on retrouve sans pouvoir la rattacher à un élément connu.

Aux premières lueurs du jour, nous voilà réveillés à coups de pied par des hommes en armes.

Je me lève en hâte, les petits se retranchent dans un coin derrière Mouna. Je vois que nos agresseurs sont des enfants, menés par un garçon plus âgé, seize ou dix-sept ans peut-être. Ils sont quatre et portent des armes de guerre ainsi que de longues cartouchières qui leur zèbrent la poitrine et s'enroulent autour de la taille, et même du cou. Ako, le dos au mur, les yeux ronds, les contemple sans un mouvement. L'un d'entre eux lui donne un coup de crosse qui le fait sortir courbé, la main sur le ventre. Le même nous hurle d'aller dehors tandis que les autres grattent le sable pour voir si nous ne cachons pas d'armes ou de l'argent. Ils sont survoltés, aux abois et paraissent très fatigués. Nous nous regroupons devant le cabanon, grimaçant dans la lumière et la chaleur, encore dans l'incertitude du sommeil.

— Toi, tu me donnes tout. Ta femme, tes chèvres, ton argent, tout. Tu me donnes tout ! Tout de suite, hurle l'un d'eux, d'une voix aiguë, ses yeux rouges luisant de *Quak-drug* plantés sur mon front.

Debout, nous restons immobiles, la tête basse, sans parler. Il faut attendre. Je reprends lentement mes esprits. Il fait très chaud, le soleil darde, nous devrions être en route depuis longtemps. Mon cœur soudain bondit. Les bêtes sont dans leur enclos mais Chamelle n'est pas là ! Elle n'est plus en place. Ils l'ont libérée. Je cherche aux alentours. Rien. À une centaine de mètres, un véhicule. Le plus âgé part le chercher, revient avec une voiture rouge, une sorte de camionnette tout terrain aux pneus larges, avec deux places à l'avant et une plate-forme découverte à l'arrière. Il éteint le moteur et, avant de sauter à terre, met à tue-tête une musique survoltée qui fait vibrer les portes. Bientôt accompagné par les autres, il se met à agiter bras et jambes sur des sons trépidants, évoquant le galop de bœufs chargés de métal. Les quatre dansent ainsi un long moment, gorgés de drogue et d'alcool. Incontrôlables. Je coule des regards par-dessous, tente d'évaluer chacun d'eux. Les deux petites brutes sur le côté ont onze à douze ans, il n'y a rien à en tirer, ceux-là n'ont gardé ni courage ou peur, ni pitié ou haine. La mort et le meurtre ne sont qu'un jeu. Le troisième, abruti par la drogue, est éteint, comme replié en lui-même, une montre rutilante au poignet qui le gêne, peut-être embrigadé de force. C'est un garçon sans âge, au front immense parsemé de veines, aux yeux très enfoncés et comme cerclés de charbon. Quant au plus malin de tous, le plus vieux aussi, c'est le chef qu'ils appellent Cay. Tout en remuant les reins, il surveille les alentours, ses pupilles aux aguets comme des billes noires. À son épaule pend un fusil au métal sombre et lustré. Tous ont des armes neuves et une profusion de balles. Mais ils doivent être poursuivis, ou craignent de l'être.

Je glisse un œil vers Mouna. Elle a mis sa main autour de l'épaule de Shasha et pris Kizou dans ses bras. Elle est calme. Le sentiment de peur s'est anesthésié, jour après jour, depuis notre départ. Si on s'en prend à l'un des petits, elle se fera tuer. Sans prier ni implorer. Parce que Dieu l'a décidé ainsi. Parce qu'elle est un roc, sous son apparente douceur. Ces adolescents en armes lui font d'ailleurs moins peur que l'armée, l'uniforme, toutes ces choses-là. Aussi attend-elle sans terreur ni révolte. C'est Ako le plus surprenant. Sans réaction, immobile il observe le garçon aux yeux cerclés de noir. C'est une contemplation intense, comme s'il voulait s'enfoncer dans le visage de celui qu'il observe. Ou comme s'il l'avait connu, il y a longtemps. Et voudrait s'en faire reconnaître.

Advient un moment d'indécision. Ils nous laissent vaquer sans s'occuper de nous. À pas comptés, en mesurant chaque geste, nous reprenons notre liberté de mouvement. Mouna donne un peu de lait à Kizou qui couine et dont les yeux restent le plus souvent clos. J'appelle Chamelle sans m'éloigner. Les deux groupes coexistent, l'un rassemblant sa misère, l'autre promenant ses armes. Ako ne lâche pas le garçon curieux au front très haut. Il le suit en conservant une petite distance. Celui-ci semble ne pas s'en étonner. Quand Ako devient gênant, il le repousse d'un geste ferme, donné du plat de la main. C'est une situation bizarre mais je ne peux pas intervenir. Par prudence, nous restons sans parler. Les adolescents, eux, se disputent. Ils ne savent quelle direction prendre. Ils ont volé la voiture, et veulent fuir loin. Sans doute en ont-ils tué les occupants, ils dégagent une tension de meurtre et de sang. Cay veut traverser la frontière mais craint les mines. Tout d'un coup, ils s'éloignent en baissant la voix. Je comprends que la trêve est close.

Leur chef revient ensuite vers moi.

— Toi, tu sais où elles sont, les mines ?

— Elles se trouvent sur cette bande de sable, dis-je en pointant les premières dunes. Mais il y a des passages sécurisés au sud.

Il ne se laisse pas prendre.

— Pourquoi y aurait-il des passages ?

— C'est pour l'armée bleue, fais-je. Il faut bien qu'elle puisse franchir la frontière.

— Pourquoi n'as-tu pas traversé alors ?

Je me tais. Il me toise d'un air dur et vicieux.

— C'est maintenant que tu vas traverser.

Je sens un bloc froid dans le ventre. Un autre gamin s'est approché.

— Il faut l'obliger à faire un aller et un retour. Comme ça, on sera protégé de chaque côté.

Cay hoche la tête, puis, après un temps d'arrêt, se met à vociférer, d'une voix haut perchée :

— Tu te débrouilles ! Sinon, on tue tout le monde ! Tout de suite, faut que tu y ailles tout de suite.

Il boit, la tête renversée, s'arrête, et me tend soudain la bouteille de *Gong* dans un rire.

— Tiens, prends un coup.

Je suis tellement assoiffé que j'avale deux longues gorgées, sans réfléchir. Le liquide me chauffe la gorge et brûle ma poitrine. Mouna à quelques mètres n'a pas capté la conversation et me regarde, surprise.

J'appelle alors Shasha et lui demande de compter le nombre de pas entre les roues de la voiture.

— Facile, dit-elle en allant devant les pneus.

Elle compte et revient vers moi.

— Six.

Accroupi, je lui demande à mi-voix si elle veut bien marcher jusqu'à la dune tout au fond là-bas, refaire six pas, exactement les mêmes, et revenir vers nous quand je lèverai le bras.

— Facile, répète-t-elle encore.

— Il ne faut pas marcher là où il y a des objets en métal noir. Tu les évites. Sinon tu exploses, lui dis-je encore.

Elle rit parce que l'image est drôle. Et puis, mourir est improbable.

— T'inquiète pas, Pouzzi. Tu verras...

Mouna nous lorgne, étonnée du conciliabule. Je vais vers elle. D'une voix dure, je dis que Shasha va traverser les dunes, là où sont les mines, que je n'ai pas le choix. Qu'elle peut regarder ou s'en aller. Le groupe armé, impatient, attend à proximité du cabanon. Il faut encore convaincre Cay, il craint que Shasha ne soit trop légère pour déclencher les explosions. Je lui explique que les mines sont sensibles au moindre pas.

La fillette engage prudemment sa marche à travers les sables. Les gamins en armes l'encouragent en riant, puis l'insultent, mots obscènes beuglés par des idiots abrutis de drogue et d'alcool. Et se taisent enfin. Mouna se tient contre moi, ses ongles enfoncés dans mon bras, couvant des yeux la fillette, avec au coin de la bouche une grimace qui, sous la peau, fait courir le tendon comme un long fil jusqu'à la base du cou. La petite avance sans se presser, circonspecte, attentive, scrutant le sol. Sa courte silhouette semble flotter sur la mer jaune tandis qu'elle chemine d'un pas prudent et un peu cahotant, légère sur ses pieds nus, sa petite robe ondulant entre les dunes comme une tache de nacre blanche sur de la poussière d'or. À un moment, elle s'immobilise au loin. Je sens un coup sec dans la poitrine. Elle s'accroupit, examine quelque chose à ses pieds, puis se relève et progresse à nouveau. Je jette un œil sur Ako. Indifférent, il s'est mis de côté, dévisage le garçon au crâne long et bombé, sillonné de veines, avec une curiosité indicible, comme si en lui résidaient de sombres et formidables secrets. Je tourne la tête vers Shasha qui, au bout d'un temps infiniment long, a atteint la cinquième dune, et se retourne dans l'attente de mon geste. Sur le cou, je sens le métal froid d'une arme.

— Tu la laisses encore avancer, dit Cay derrière moi.

Elle franchit donc un autre long espace avant que je puisse lui faire signe. On la voit alors, ombre minuscule et sautillante au loin, compter en largeur six grands pas. Et je l'imagine parler tout fort, d'une voix enfantine et gaie. Un ! Deux ! Trois ! Quatre ! Cinq ! Six ! Avant de prendre le chemin du retour. À nouveau un battement ferme, unique, dans la région du cœur. Mouna à mon côté est durcie, ses ongles au plus profond de ma peau. Que de temps pour revenir. À un moment, avalée par un creux, elle disparaît quelques secondes. Puis réapparaît, petite forme douce émergeant du sable. À distance de la voix, elle crie, d'un ton aigu, un peu essoufflé :

— Héhoooo........

Un cri qui court sur le sable et les dunes.

— Ien... ien du out.

Et la fillette, ses cheveux serpentant tout autour de la tête, accélère, elle en a assez maintenant, tombe, nez contre sable, se relève, et entame une course terrifiante, robe au vent. Tétanisé, je la regarde courir, courir encore, filer comme une courte voile blanche emportée par le vent, piétiner ce long espace de mort où dorment les pièges de métal, arriver à nous, enfin, dans une cavalcade, en nage.

— J'en avais assez, explique-t-elle en soufflant.

Mouna, sans un mot, la serre.

— Tu me fais mal, se plaint la petite à sa mère. Tu vois, Pouzzi, enchaîne-t-elle, je n'ai pas explosé. Et elle rit à gorge déployée, comme après une farce.

Nous l'éloignons de la piste et des dunes comme si le danger allait la poursuivre jusqu'ici. Déjà, les pillards embarquent, font démarrer leur voiture qui passe près de nous. À l'arrière, à côté d'un autre gamin en armes, nous lorgne le garçon curieux, les paupières tombantes sur de grands yeux ténébreux. Il est assis sur la plate-forme arrière, les jambes allongées devant lui, la nuque soutenue par la tôle. Au volant, Cay sort la tête pour caler les pneus sur les pas de la fillette, jure, car l'écart ne concorde pas tout à fait, s'engage malgré tout vers les dunes, sans accélérer. Ako est resté immobile au bord de la piste. Les roues lui frôlent les jambes. Il ne s'écarte pas, et se perd à nouveau dans la contemplation muette du garçon dont le visage s'éloigne très lentement, comme un masque sombre figé dans la carrosserie pourpre. Entre les deux adolescents, aucun signe, aucun geste. Mais quand le véhicule est à une vingtaine de mètres, le même garçon prend son fusil, l'arme, le pointe sur Ako, la crosse soutenue par le genou, et, comme on joue, l'ajuste, très longuement, soigneusement. J'assiste à la scène, interdit, incapable de réagir. Ako observe l'arme sur lui. Il y a deux tirs de balles très rapprochés. Ako s'effondre. Quand je viens à lui en courant, il ne bouge plus, la poitrine crevée. Toute trace d'inquiétude a disparu sur son visage.

Chamelle voulait jouer. Ou s'enfuir, je ne sais pas.

Il m'avait fallu une longue heure pour la retrouver, en suivant mètre après mètre ses traces. À trois reprises, j'avais essayé de m'emparer du licol, ballant à son cou. Mais, chaque fois, au moment où j'effleurais du bout des doigts la corde noire, elle poussait un cri aigu, entamait un brusque galop et s'en allait plus loin – mais pas trop loin quand même – vers un autre épineux dont elle grignotait délicatement les branches. Chaque fois, je craignais qu'elle ne se prenne une patte dans le licol, ne se casse quelque chose. J'étais couvert de transpiration, épuisé et tremblant d'énervement. Je l'avais appelée, implorée, grondée, flattée sans que rien puisse la convaincre de revenir. Le cou nerveux, sa fine tête blanche attentive, les petites oreilles dressées et narquoises, elle était désormais si efflanquée qu'on lui aurait donné trois ans à peine. Mais trois ans de malice et de méchanceté. Car elle m'attendait là pour se venger de tout. De la disparition de son chamelon, du voyage qui ne finissait pas et la harassait elle aussi, de sa bosse qui maigrissait à vue d'œil, de tous les coups de bâton qu'elle avait reçus.

— Tu vas venir maintenant. Tout de suite. Ou je te jure que tu finiras en viande. Je te le jure. Dès notre arrivée.

Elle s'en moquait et ruminait, les lèvres agitées d'un mouvement ironique et régulier de mastication, partait vers un buisson épineux à longues branches odorantes et argentées, dont elle raffolait. C'était sûr, elle tenait sa revanche, me faire traverser à mon tour tout le désert d'un arbuste à l'autre, de branches goûteuses aux petites touffes d'herbes jaunes, jusqu'à ce que j'en vienne à m'écrouler.

— Eh bien voilà, tu as gagné. Je ne bouge plus. Va-t'en au diable !

Et je me couchais, et j'attendais. Rien n'y faisait. La voilà qui repartait de plus belle, et moi, de nouveau courant sur ses talons, cherchant à petites foulées à l'amadouer.

— Viens, ma belle Chamelle. Viens. On n'est pas fâchés, viens me voir.

Elle s'en fichait, s'arrêtait, broutait de grandes herbes qu'elle savourait du bout des lèvres en évitant les épines. J'avançais vers elle à pas prudents, comme un renard. Mais elle décampait aussitôt, en secouant la tête et en repartant au petit trot. Garce,

106

garce ! Et ainsi de suite pendant une bonne partie de l'après-midi, sous un soleil de feu où j'avais cru vingt fois m'évanouir ou perdre la raison. Elle retroussait les lèvres sur les dents, on aurait dit qu'elle riait, m'observant du coin de l'œil en se régalant de buissons qu'elle choisissait soigneusement, en les décortiquant comme on mange des noix. L'air était comme un ciment chaud, j'avais tant d'eau dans les yeux que je ne voyais plus rien. Chamelle, je t'en supplie, lui avais-je dit pour la centième fois, tout doucement pour la charmer, en ayant laissé mon bâton plus loin sur le sol, caché dans un fourré d'herbes sèches. Étonnée de ma voix, de mon dénuement, elle s'était laissé surprendre, juste un instant, j'en avais profité, d'un coup de fouet des doigts, pour saisir le licol et enfin tenir la bête en main. Tirant de toute la force de mon bras en lui arrachant la bouche, j'avais ramassé en passant mon bout de bois, et nous étions revenus au cabanon, tandis que, tout le long du chemin, je lui donnais de grands coups sur le flanc, sur les épaules, sur l'arrière-train, elle menaçant de me mordre, la mâchoire ouverte sur ses longues dents jaunâtres, donnant de terribles coups de tête, furieuse de s'être laissé prendre, les yeux ronds sortant de la tête, les oreilles basses comme dans un combat, moi n'en ayant cure, évitant ses attaques et frappant là où ça faisait mal, où la peau était tendre et fine, utilisant mes dernières forces pour lui tirer des blatèrements de rage et de douleur.

Mouna et les deux enfants m'attendaient, assis

autour de la trace noircie du feu où j'avais hier fait griller un peu de viande. Ils étaient très assoiffés. Kizou dormait toujours, Shasha, sans un mot, m'observait. Je laissai Mouna traire la chamelle et partis me reposer quelques instants dans le cabanon. Il avait la chaleur d'un four. Étendu dans le sable, je restai les yeux ouverts. En passant près du tas de cailloux, contre le mur, j'avais eu un serrement féroce au ventre. C'est là que nous avions mis Ako. Un coude replié sous la tête, le nez dans l'encoignure entre le sable et la pierre, allongé sur le ventre, il était comme un dormeur cherchant l'obscurité dans la lumière du jour. Nous n'avions pas le cœur à l'enterrer, de toute façon cela n'aurait pas été fait dans les règles. Nous l'avions enseveli sous des pierres, protégé des regards et des bêtes, à l'air libre encore, comme s'il n'était pas tout à fait mort. Simplement assoupi. Ni l'un ni l'autre n'avions pleuré, hébétés, le cœur engourdi. Shasha pas plus que nous. Elle cherchait une caillasse arrondie par le vent et le sable, pour cacher une partie du mollet, encore nue, sans le blesser. Elle l'avait trouvée, rapportée et posée avec précaution comme on place une pièce à l'endroit convenu dans un jeu compliqué et secret.

— Voilà, avait-elle dit, à voix basse.

J'étais dans le cabanon. Il m'était impossible de dormir. D'abord j'avais trop mal, les membres douloureux, la peau entaillée, cloquée, ulcérée un peu partout, surtout les pieds. Immobile dans l'ombre, indifférent aux mouches autour de moi, je contemplai le vide en cherchant ce qui subsistait de vivant en moi. Cela dura longtemps. À un moment, on m'apporta du lait que je bus dans un demi-sommeil. De petites gorgées que je gardais le plus longtemps possible en bouche. Je perdis les sensations du temps et de l'espace quelques instants, avant qu'une main ne vienne me caresser le front.

— Rahne, il faut partir. La nuit est tombée, me chuchota Mouna.

Toujours partir. Fuir.

Elle vint contre moi, sa peau contre ma peau, silencieuse et douce, observant avec une intense minutie le mur lisse où il n'y avait rien. Elle ajouta tout bas, avec un sourire triste :

— Tu t'en approches, jour après jour. Tu y seras bientôt. Mais tu n'y seras pas seul.

Je ne réagis pas. Chacun avait droit désormais aux rêveries et aux mystères, et de faire parler la part d'inconnu en lui. Mais ces mots incompréhensibles répondaient à mon sentiment vague d'être attendu quelque part par quelqu'un, pour une rencontre dont je ne savais rien. C'était une pensée absurde qui errait dans ma tête comme un mauvais vent. Je chassai tout cela dans un frisson.

— Ne t'inquiète pas, plus rien ne va nous arriver maintenant, dis-je simplement.

7

Nous étions au douzième jour de marche sans avoir trouvé de puits. Mais je savais que les choses allaient s'arranger. C'était une intuition d'une intensité formidable. Au départ, les événements ont semblé me donner raison.

Au creux de plusieurs dunes qui s'ouvraient comme les pétales d'une fleur, nous avons trouvé dans un renfoncement un point d'eau. C'était un trou naturel qui, en débordant chaque jour d'eau de rosée, creusait le sable à l'horizontale et se trouvait ainsi entièrement protégé de la lumière. Rien à voir avec l'infâme breuvage qui avait contaminé Kizou. Il y avait là dans l'ombre quinze à vingt litres d'un liquide tiède, à peine grisé, dont il suffisait de retirer à la surface les insectes noyés. C'est Chamelle qui l'avait découvert. Les naseaux flottants, elle avait humé l'air, le cou très haut, immobile. Puis d'un pas très lent, de sa démarche curieuse, nonchalante, elle avait quitté la piste et nous avait menés à proximité du trou. Nous l'avions aussitôt écartée, il y en avait trop peu, elle avait poussé un cri furieux.

Nous détachons Kizou de mon dos et l'étendons sur la piste. Entre ses lèvres entrouvertes, nous faisons couler l'eau. Le garçon garde les yeux clos, laissant une part du liquide s'échapper au coin de la bouche. Tandis que Mouna s'occupe de Shasha, j'examine avec inquiétude la figure du gamin. Il a par endroits un teint de pierre grise. Au-dessus du front, sur les tempes, à droite du menton. La peau des membres est marbrée. Si bien que vivant, on a le sentiment que des parts de lui-même sont en train de sécher. Je lève son bras maigre, juste au-dessus de sa tête, et lâche prise. La main s'écroule sur son visage dans un petit clapotement de chairs qui se heurtent. Aucune réaction d'évitement mais il a eu un gémissement. Rien n'est perdu.

Nous buvons à notre tour, longuement, et versons le reste dans une grande outre. Shasha demande de l'eau pour sa chèvre. Sans répondre, nous l'installons sur le dos de Chamelle, faisant ensuite dresser la bête qui s'exécute en grondant. La petite, toute crispée de fatigue, grommelle.

— Jamais d'eau. On en a marre, Imi et moi...

Mais elle manque dégringoler, pousse un petit cri, se rattrape in extremis aux crins de Chamelle, ajoute aussitôt :

— Marre aussi du chameau...

Et l'on reprend la route, sous un soleil embrasé, Kizou sur mon dos, une main ballottant au-dessus de mon épaule, comme une excroissance palmée de chair, molle et tiède. Le cœur gonflé d'un petit espoir aussi, à cause du liquide, là, dont on entend le clapotis rassurant, dans les outres accrochées au flanc de Chamelle.

Tout au fond ne va pas si mal. Pour Ako, le destin est dit. C'est ainsi que Dieu l'a voulu. Mais l'aîné a peut-être réussi à échapper aux soldats. Je conserve le secret espoir de le voir réapparaître. Il est fin, généreux, il a toujours été mon préféré, je lui ai appris beaucoup de choses. Il devrait pouvoir s'en sortir. Kizou est mal en point mais nous avons désormais de quoi le sauver avec l'eau miraculeusement trouvée sur la route. Quant à Mouna, malgré sa maladie, elle avance toujours. Sans une plainte, sans un mot. C'est d'elle sans doute que Shasha tient son endurance. Rien ne va vraiment mal. Les brebis continuent de mourir, l'une après l'autre, deux encore ce matin. Il n'y en aura bientôt plus, ce n'est pas grave. Il reste encore trois chèvres dont Imi. Ces bêtes-là à front noir peuvent tenir de longs jours sans boire. Peut-être arriverons-nous à les sauver. Le seul élément inquiétant est la raréfaction du lait de Chamelle. Depuis quelque temps, elle ne fournit plus que deux litres environ par jour. Ce n'est pas la soif, c'est l'épuisement et la faim qui sont la cause de cet effondrement. De toute façon, il ne sert à rien de dépenser des forces à se plaindre. Mieux vaut protéger ce qui peut encore l'être, courber la tête, accepter que le cœur et le corps plient pour éviter qu'ils ne rompent. Et surtout ne pas ralentir, ne pas céder à la tentation du repos, de la longue nuit de sommeil dont nous pourrions ne jamais nous relever.

Sur ces entrefaites, est arrivée ce jour la plus grande lueur d'espoir depuis notre fuite des Pierres Plates. Elle a pris la forme d'un bivouac que j'ai d'abord longuement observé du haut d'une dune. Je craignais un nouveau piège, des pillards, des soldats. Mais les voitures, deux jeeps blanches, la grande tente beige, et quelques civils qui marchaient sans hâte aux alentours, ne m'ont pas paru menaçants. J'ai malgré tout hésité longuement. Depuis notre départ, les quelques âmes rencontrées nous avaient surtout apporté la destruction et le malheur. Comme dans toute situation tendue où la mort et la vie paraissent cheminer en sens inverse sur un même fil ténu, la première règle de prudence était d'éviter le contact humain. Mais depuis peu la solitude était devenue presque plus menaçante.

Finalement je décidai d'aller de l'avant. Nous n'avions guère le choix.

On nous a vus de loin, on nous attend, debout sur la piste. Ils ne sont que cinq, deux natifs de clans inconnus, une femme, blanche, et puis deux soldats en armes qui doivent assurer leur protection. Ceux-là je ne les avais pas repérés, ils étaient assoupis dans une des voitures. Ils s'approchent sans se presser. On nous tend des bouteilles d'eau, en plastique, que nous vidons, sans un mot. En haut du chameau, Shasha tète la sienne avec des bruits chuintants d'aspiration. Autour de nous, des visages attentifs. Écho régulier de l'eau qui se vide par goulées au fond de nos gorges. Nous avons soif encore. On ne nous propose pas d'autres bouteilles. Seulement des galettes sèches dans un étui transparent. Mouna dit à voix basse qu'il vaut mieux d'abord les goûter. Un peu méfiants, on les garde en main sans y toucher.

Ils contemplent nos membres amaigris, secs comme de longs bâtons noircis, nos yeux vides, les peaux grises et rompues. Sans doute ressemblons-nous à des fantômes surgis de la terre sableuse. Dans le regard des hommes, je lis la croyance vague mais toujours pressante aux esprits. Les soldats sont indifférents. Le visage de la femme blanche frémit. Mais c'est une compassion trop ambitieuse qui nous traverse et part bien au-delà de nous, vers une montagne sombre dont nous ne sommes que la part infime. Et, par effet de boucle, l'ampleur de la tâche la ramène indéfiniment à elle, comme si la montagne ne lui renvoyait au fond que son propre reflet marqué de la même compassion figée et impuissante. C'est une femme de petite taille, vêtue de tissus simples, un short, un polo gris marqué d'un sigle bleu et blanc en son centre, identique à celui apposé sur les voitures. Elle a très chaud. Je ne sais pas lui donner un âge. À côté d'elle un interprète.

— Elle veut savoir où sont les autres, dit celui-ci.

— Je ne sais pas. Nous avançons seuls. Mais il y en avait devant, et sans doute derrière.

Il fait la moue, échange quelques mots avec la femme, se tourne encore vers moi.

— Nous n'avons vu personne. Où ont-ils bien pu aller à ton avis ?

— Des traces partaient vers l'est, vers la frontière.

Il traduit à l'intention de la femme blanche qui s'anime, parle de manière volubile, impatiente. Au loin, le brouillard d'une autre voiture qui grossit.

— À quel endroit as-tu vu les traces partir à l'est ?

— À quatre ou cinq jours derrière nous, dis-je en faisant baraquer Chamelle, sans quitter des yeux le véhicule qui approche.

À terre, la bête se frotte les naseaux contre le sol en grondant sourdement. Mouna est venue retirer Kizou de mon dos et le berce doucement. Shasha a dégringolé du chameau et considère le groupe, les yeux absents.

— As-tu encore de l'eau ?

On nous en apporte. Une bouteille par personne. Shasha n'arrive pas à l'ouvrir, s'escrime en silence. La femme vient vers elle, s'accroupit, enlève la capsule d'un geste précis, tend la bouteille vers la petite qui se met à boire à longs traits sonores, son regard plongé dans celui de la donatrice qui sourit. Arrive la voiture que je reconnais. C'est celle que nous avions vue avant d'arriver aux Pierres Plates, garée sur le côté, en haut d'une dune de terre. Ils sont trois à sortir du véhicule. L'un part à l'arrière, prend sa caméra, vient vers nous à petites foulées.

— Ce sont des journalistes. On les connaît, vous n'avez rien à craindre, me rassure l'interprète.

L'homme avec sa machine tourne autour de Mouna. À côté de lui, ses compagnons s'affairent autour de longs fils noirs.

— Ne t'inquiète pas, maman, cela ne fait pas mal, crie Shasha d'un ton rassurant.

Mal à l'aise, Mouna baisse la tête. Je lui ai expliqué la caméra, les télévisions, toutes ces choses-là. Elle ne sait pourtant quelle contenance adopter. Doit-elle tenter de sourire, cacher sa misère ? Elle sait bien que beaucoup trouvent dans l'observation du malheur d'autrui un sentiment intense de satisfaction pour leur propre existence, même d'une insondable médiocrité. Mouna a sa fierté, elle ne veut pas apporter, elle qui n'a rien, un sentiment d'aise supplémentaire à ceux qui ont tout. Mais le reportage peut aussi provoquer un mouvement spontané de générosité. Le mieux serait alors qu'elle présente à la machine une mine de désespoir en oubliant les bouteilles d'eau reçues tout à l'heure. À choisir, elle préfère encore se montrer lointaine, presque indifférente. Je la contemple. Dans cette attitude non plus, il n'y a rien de vrai. Toute image que l'on isole se vide de substance comme un coquillage arraché d'un rocher. Et périt. La vérité est dans l'écoulement ininterrompu du temps, ce fleuve lourd et chaud de contradictions qui fourmille de passerelles vers le sacré. Pas dans ces reflets morts qu'emprisonnent et cisèlent les étrangers. Nous avons mille ans d'avance sur eux.

Les hommes s'activent autour de Mouna et du petit. Ils leur sourient, les encouragent dans une langue chantante et incompréhensible. Mais leur observation reste professionnelle, les sentiments n'ont pas leur place. Entre eux et nous, il y a comme un écran composé d'ombres, de lumières et de couleurs qui se sculpte, nous sépare et les protège. Apprennent-ils d'ailleurs que les réfugiés sont peut-être partis vers l'est ? Ils rangent en hâte leur matériel, et démarrent en trombe vers les infinis derrière nous, sans plus nous voir. Leur départ ouvre un grand calme, un peu gêné, dans le bivouac.

— Le petit, là... il est en train de mourir, fait l'homme à côté de l'interprète.

Il pointe Kizou avec inquiétude.

Je hoche la tête.

— Il y a une de nos antennes mobiles à deux heures d'ici au nord, avec un médecin. Nous allons les prévenir par radio.

Il va s'asseoir à l'avant d'une voiture, met en marche un poste qui grésille, lance des appels répétés. La femme a disparu sous la tente. Les autres s'affairent, réunissent les bagages. Tous s'apprêtent à partir pour chercher les réfugiés plus à l'est.

L'homme revient finalement vers nous, bredouille.

— Leur radio ne répond pas. Si tu vas tout droit,

tu tomberas forcément sur eux. Ils ont deux voitures comme les nôtres.

— As-tu encore de l'eau ? demandai-je.

Il hésite un instant.

— On peut donner encore deux bouteilles par personne. Il faut que nous en gardions pour les autres, tu comprends...

Je comprends. On nous apporte les bouteilles, et aussi quatre rations de repas dans des emballages blancs et bleus, puis le camp est levé, la tente pliée en un temps très court. Les moteurs ronflent, les bagages sont accrochés aux toits. Ils embarquent dans les voitures, les portières claquent, la femme blanche s'assoit à l'avant du véhicule de tête. Elle passe devant nous, affairée, penchée sur une carte, sans nous accorder un regard, sans prêter attention à nos mines concentrées, nos appels sans mots ni sons. Elle se projette déjà là-bas, quelque part dans les sables, auprès d'une très grande foule de nécessiteux. Elle n'est pas venue pour sauver des existences, mais quelque chose d'infiniment plus noble et abstrait, la vie. Pour cela, deux vaut mieux qu'un, cent que dix, mille que cent. La loi des chiffres fait que Mouna, moi et les enfants ne sommes qu'un échantillon de misère. Une raclure de vie.

Nous sommes seuls à nouveau.

Le silence, le soleil. La fournaise.

Je tourne la tête vers Mouna, les bras chargés des rations qu'ils m'ont données. Désemparé.

Elle s'approche de moi, pose sa tête sur ma poitrine, reste là un instant, serrée contre moi, frissonnante malgré la chaleur.

— Il faut juste retrouver ces deux voitures... Et nous sommes sauvés, lui dis-je à l'oreille, en me reprenant.

J'ai mis le petit sur mes épaules. J'ai conscience du peu de temps que nous avons devant nous. Il faut avancer aussi vite que possible. L'homme a dit que l'antenne médicale était à deux heures. Mais ces choses-là ne sont pas précises, trois, quatre, voire cinq heures de route nous séparent peut-être d'eux. Jamais l'urgence n'a été si grande. Mouna le sait bien qui, épuisée, le visage teinté d'un voile blanchâtre, accélère le pas. Même Chamelle semble prendre conscience de l'enjeu. Le cou très haut, elle allonge des pattes immenses, et glisse sur le sable comme un grand paquebot filant sur l'eau. Shasha, tout en haut, ne dit rien et s'accroche.

La piste accentue son orientation vers le nord. Depuis plusieurs jours j'attends – comme indiqué sur la carte –, un large mouvement tournant nous orientant vers l'est. Rien ne vient. Au contraire, insensiblement, depuis plusieurs jours, nous nous en éloignons. Je le vois bien le jour à l'indication du soleil, la nuit à celle des étoiles, même si l'aiguille de boussole reste immanquablement fixée à proximité de l'Orient. Elle bouge pourtant, cette aiguille. Mais elle ne m'a l'air guère précise. Toujours est-il que nous allons dans une direction qui nous éloigne maintenant de notre objectif. Dès que nous aurons trouvé la voiture du médecin, il faudra sans doute rectifier les choses en allant droit vers les dunes, en abandonnant le sol dur de cette savane désertique. Mais c'est prendre un risque considérable à cause de la frontière, des hommes en armes, des mines, de l'absence d'arbres et d'abris, de tout ce sable, meuble et traître, qui aspire lentement les corps dans ses profondeurs. Peut-être vaut-il mieux continuer à longer la frontière en misant sur le but, inconnu, des hommes devant nous qui ont suivi cette piste. Je ne sais pas.

Le soleil, féroce, vomit une chaleur abominable et huileuse. Est-ce pour nous seuls qu'il déploie tant d'efforts haineux ? Veut-il nous brûler vivants, nous rôtir pour rappeler que la terre, le ciel et les choses sont impitoyables, sans raison, parce que les choses sont ainsi ? Je n'abandonnerai pas. C'est mon fils qui est là, sur mon dos, et dont les bras tièdes ballottent autour de mon cou. Pour celui-là, je suis prêt à tout, et à marcher indéfiniment, sans faiblir. Et Mouna aussi, et Chamelle, et Shasha, tous unis par une chose infiniment plus puissante que le feu. Nous avons un peu d'eau qui étincelle dans la lumière. C'est le sang de la vie. Avec ce peu, nous pouvons aller jusqu'aux extrémités du monde.

Nous arrivons là où devaient être les voitures. Il n'y a plus rien. On voit les marques de pneus. Elles partent plein est, filent entre les dunes, creusent un chemin sinueux, comme deux longues entailles régulières balafrant le sable et disparaissant au loin. Ceux-là ont dû aussi partir en quête des réfugiés plus à l'est, négligeant le risque des mines – ils ne sont peut être même pas conscients du danger. Hagard, silencieux, je reste de longues minutes, les maxillaires serrés, à scruter les traces qui découpent le sol comme une peau cuivrée. Je ne me doutais pas de ce nouveau revers. À aucun moment, la vilaine musique d'autrefois n'a repris, haut perchée, égrenant sans ordre ses notes tremblantes et aigres, cacophonie acide de citron pleine d'une cruauté moqueuse, me rappelant que tout est dérisoire, toujours, et mes efforts aussi. Au contraire, mes oreilles sont toujours pleines d'une musique plus forte, plus pure que jamais. Je pousse un cri de rage qui me libère de la tension accumulée, court le long des dunes, cherche les hommes là-bas qui nous ont abandonnés, la femme blanche, et puis les soldats, les bandits, couverts d'armes, qui attendent, pour nous tuer, derrière l'horizon dont la ligne tangue et vacille sous la chaleur. C'est un cri qui ne va pas bien loin. Chamelle fait un écart. C'est tout.

Nous repartons. Plus rapidement que jamais. Nous buvons un peu d'eau, sans ralentir. Mes jambes sont devenues insensibles. Mouna a chuté, deux fois. Ce n'est pas grave. J'ai vu qu'elle se relevait. Elle ne s'est pas fait mal. Elle ira aussi loin que moi. Jusqu'au bout de tout. Chamelle ne faiblit pas. Elle est la porteuse de lait, la porteuse d'espoir. La petite s'est endormie contre sa bosse, la joue collée contre l'animal. Bien amarrée comme elle est, elle aussi peut nous accompagner indéfiniment. À gauche de nous, il y a toujours cette savane interminable qui change peu. Elle se laisse tantôt envahir par le sable, tantôt par de grands bouquets de graminées sauvages que le soleil teinte de rouge, déroulant le reste du temps une symphonie hypnotique, éternellement répétée, de nuances rouille et ocre, lacérant des platitudes bordées tout au loin de reliefs arrondis et flous. À l'orient au contraire, les paysages ne cessent de se transformer, variations continues, parfois brutales, sur la même gamme de sables, de pierres et de poussières. Nous foulons une longue écharpe de cailloux noirs qui, éclaboussée de lumières, forme une voie aux reflets argentés dont on ne voit jamais la fin. Au milieu des dunes surgissent des silhouettes de grès, courtes et découpées, déchiquetées par le vent et le sable. Plantées dans le sol comme des sculptures muettes, figées dans un cri, un geste, un bras levé, l'impression en est d'une beauté lugubre. Dans le lointain, la succession de petites montagnes courtes et tailladées, enveloppées de brumes de chaleur, évoque des villes à l'abandon peuplées de vents, de mystères et de secrets chuchotés à voix basse, le long des roches sombres à la patine vitrifiée. La caillasse nous fait mal. Nous avons remis avec difficulté les sandales, désormais trop petites, sans les sangler. De temps en temps, Chamelle pousse un cri furibond de douleur, les pierres lui blessent le coussinet des pattes.

Je ne ralentis pas. Il faut continuer. Vers où ?

Personne au monde ne peut le savoir. Peu importe d'ailleurs, c'est comme si nos pas maintenaient en vie le petit, là, dans mon dos. Les cailloux se raréfient, noyés par un sable déferlant en nappes muettes et safranées se soulevant en vallonnements toujours plus imposants. Et revient peu à peu le décor nu des dunes, mais cette fois-ci étagé et monumental, aux élévations creusées d'ombres pâles prenant çà et là des reflets de fonte, ridées de veinules ambrées serpentant jusqu'à leurs sommets. C'est un spectacle dont l'intensité est accrue par le lent corps à corps de plages blondes et de grandes taches obscures se disputant les pentes. La pénombre l'emporte, peignant les versants d'un brun foncé. Tout en haut, courent d'ultimes traits de lumière qui dessinent le profil des dunes, devenues tranchantes comme de longs poignards. Des innombrables vagues de collines sableuses ne restent alors que ces filaments brillants, en suspension sur le fond noirci. J'observe l'un d'entre eux. Il prend sa source dans une petite surface isolée de lumière, d'une gaieté scintillante, striée de petites encoches à sa base. Un jet luminescent en émerge et, caressant la crête de la dune, coupe les grandes masses noirâtres en parcourant une courbe parfaite. Ce fil luisant, d'une fragilité et d'une pureté frémissantes, plus léger que l'air, ne peut résister à l'immensité des ombres qui déjà, à l'extrémité de son vertigineux balancement dans le vide, le dévorent seconde après seconde en ne laissant plus qu'une fibrille amincie comme le filet cassant d'une salive dorée.

124

Je ne peux en détacher les yeux, le cœur serré. Je le contemple jusqu'à ce qu'il soit entièrement dévoré par l'obscurité, petit bout par petit bout.

Et puis la nuit est là soudain.

Je ne l'ai même pas vue venir, assoupi par la régularité de mes pas, envahi de songes.

Je sens le froid qui me caresse la nuque. Je ne veux pas m'arrêter.

— Rahne, cela ne sert plus à rien, dit Mouna à voix basse.

Je m'immobilise alors. Je réalise que la sensation glacée sur le cou est celle de la main du petit. Mouna le détache et l'allonge sur la piste. Je mets mes doigts sur son cou pour le pouls, sur sa bouche pour le souffle, sur la poitrine pour le cœur. Rien. Je fais baraquer le chameau. Toujours endormie, Shasha dodeline de la tête. Je ne la réveille pas, la laissant ainsi. Nous nous écartons tous deux du chemin, Kizou dans mes bras. Je le dépose douce-ment sur le sol, au bas d'une petite colline que les étoiles blanchissent. En quelques brassées à peine, je recouvre son corps. Le sable coule sur lui, retrouve aussitôt une forme lisse, douce. Nous prions quelques instants. Ni larmes, ni plaintes. Nos émotions sont comme les branches d'un arbre mort.

— Maman !

C'est Shasha qui s'est réveillée et crie en haut du chameau baraqué. Sa mère part aussitôt vers elle, je la suis, à pas plus lents.

En arrivant à elles, en les considérant toutes

deux, l'une contre l'autre, à nouveau l'impression étrange de déjà-vu me revient, plus nette, encore plus palpable que les jours précédents. Je réalise alors, une boule glacée dans le ventre, que je revis tout ce que j'ai connu quatorze ans auparavant. La perte de tout ce que j'aimais. Ma femme, mes enfants, tout mon bien.

Terrifié, je comprends qu'il ne me restera bientôt plus rien.

Mais je me trompe encore.

8

C'était ma dernière journée avec Mouna. Elle le savait. Moi pas encore. Partis tôt le matin, nous avions considérablement ralenti la marche. Si l'on oubliait un moment la soif et la fatigue, notre allure évoquait celle d'une errance sans but, dans l'attente incertaine de quelque chose. Parfois, elle venait près de moi et s'agrippait à mon bras. Je sentais sa paume brûlante sur ma peau. Ou alors, elle s'arrêtait, la main sur sa poitrine, et reprenait son souffle, ses yeux dans les miens. À côté de nous, le frappement sourd des pattes du chameau contre la terre. Nous ne parlions pas, chacun dans ses pensées et ses songes. Shasha, juchée sur Chamelle, contemplait les alentours, sans un mot, ses épaules oscillant au rythme de la monture.

Tout filait très vite. J'avais le sentiment de ne plus progresser sur un sol plat, mais de dévaler une pente ravinée. Les hommes, les enfants et les bêtes basculaient un par un, les plus fragiles d'abord, les autres ensuite. Cela allait si vite que je n'avais le temps de rien faire. Les bras ouverts, j'avais beau vouloir ralentir leur chute, les saisir au passage, c'était un combat dérisoire. Ils roulaient trop loin, trop vite, silhouettes informes, jambes par-dessus têtes, parcelles de vie aspirées par le vide. C'était comme un raccourci saisissant de la vie. Il ne servait à rien de s'y opposer. Il fallait regarder les êtres disparaître en leur adressant un salut muet, accepter que chaque chose cède et s'évanouisse. À un endroit où le soleil brûlait sans faiblir nos têtes, Imi tomba dans la poussière.

Shasha avait tout vu. Elle poussa un cri, en aspirant de l'air, la main devant la bouche. Elle n'attendit pas que Chamelle ait tout à fait baraqué, dégringola en lui piétinant le flanc, tomba sur le sol blanchâtre, se releva aussitôt, se précipita vers sa chèvre, étendue sur le sol à quelques mètres derrière nous.

On la vit se pencher, examiner l'animal un instant, se relever.

— Ne vous inquiétez pas. Ce n'est rien, nous rassura-t-elle, sa petite figure tournée vers nous, les cheveux frisottant autour de la tête.

« Ce n'est rien, je la connais, elle fait une blague.

Elle voletait avec anxiété autour de la bête couchée, pieds nus, la robe écrue tombant à ses chevilles, minuscule et sautillante dans le paysage immobile.

— C'est une coquine. Elle veut jouer, répéta-t-elle, faussement gaie, à notre attention.

Puis, dominant la petite chèvre, son index d'enfant levé, elle cria soudain :

— Debout... Debout ! Tu es une vilaine !

Mais Imi ne bougea pas et resta étendue, les flancs soulevés par un mouvement lent de respiration.

— C'est normal, elle se repose un peu, dit encore Shasha pour nous faire patienter.

— Forcément, elle est fatiguée. Elle prend un peu de force, ajouta-t-elle après un long temps de silence tandis que, figées, nous la considérions sans un mot.

Elle mit sa main devant le museau de la bête qui lui lécha les doigts par petits coups de langue râpeuse. À plusieurs reprises, je l'avais vue lui porter un peu d'eau ou de lait qu'elle cachait au creux de ses paumes. Je n'avais pas eu le cœur de la gronder ni de le lui interdire. Il y en avait si peu. Et elle le prenait sur sa part.

— Debout, Imi. Maintenant ! Regarde, elles font pas d'histoires, reprit-elle en pointant, sévère, les deux autres chèvres, immobiles sur la piste, qui attendaient.

La bête ne broncha pas. Shasha vint en courant, me demander mon bâton, repartit vers Imi :

— J'en ai assez. Nous sommes très pressés ! C'est assez les blagues. C'est pas drôle. Debout ! lui ordonna-t-elle en frappant les flancs et la croupe.

La chèvre bégueta, souleva le cou, se laissa retomber sur le sol. Debout, debout ! Shasha tapait plus fort, en levant haut le bout de bois. Silencieuse, la bête ne réagissait pas, les yeux ronds et vides, la barbiche terreuse, le corps soulevé par la même respiration profonde, le cœur battant à se rompre. La fillette lâcha finalement le bâton et resta un instant indécise, traversée de pensées frémissantes.

— Ce n'est rien, ne vous inquiétez pas. Elle fait son intéressante, répéta-t-elle d'une voix blanche, à notre intention.

Elle s'accroupit, passa un bras autour du cou d'Imi, enserra avec l'autre le haut du poitrail, tenta de la soulever en poussant sur ses jambes, le dos rond. La bête poussa un bêlement, laissa un long filet de bave sur la robe et demeura couchée. Shasha s'entêta, recommença, s'échina sans succès, secoua la tête. Nous la regardions s'escrimer en silence. Impuissante, exténuée par ses efforts et la chaleur, elle se releva, lança un long regard d'étonnement blessé dans notre direction, s'immobilisa ainsi, tournée vers nous, debout près de la chèvre couchée. Et elle éclata soudain en sanglots, les épaules secouées, les bras tendus le long du corps, les poings serrés, le visage crispé de plis, en lâchant une plainte affreuse d'enfant, longue, aiguë, si puissante qu'elle nous serra le cœur dans un étau de sons lancinants, nous gonfla la gorge et les yeux du même chagrin douloureux, celui de la confiance trahie, celui de l'innocence que le hasard, les hommes et les choses venaient de déchirer dans un bruissement cruel de soie. Mouna tenta de la consoler mais rien n'y fit. Au bout de quelques minutes, il fallut que j'aille la chercher dans cet état, que je la prenne dans mes bras tandis qu'elle hoquetait, sans se débattre, sa chair chaude abandonnée contre moi, que je l'installe à nouveau sur Chamelle qui, ahurie de tant de bruits, en oubliait de blatérer. Et l'on repartit, la fillette se retournant sans cesse, nous vrillant les tympans, les larmes ruisselant sur ses joues en traçant des sillons pâles qui couraient jusqu'à la douceur carminée des lèvres.

S'il n'y avait eu cet événement, la matinée aurait été la plus paisible depuis notre départ. Nous avions abdiqué l'un et l'autre sans nous le dire. Mouna avançait très lentement, d'une démarche incertaine. Exsangue, fiévreuse, je compris qu'elle ne pourrait tenir longtemps. Elle le savait aussi. L'hémorragie n'avait pas cessé. C'est comme un œuf de poule, m'avait-elle chuchoté, qui s'est logé et grossit entre mes cuisses. J'aurais voulu que Chamelle la porte sur son dos plutôt que Shasha. Mais lors d'une tentative, le frottement et la position écrasant son bas-ventre avaient provoqué une douleur si intense qu'elle avait manqué s'évanouir. Elle en était redescendue, blême, avait pris ma main et ne l'avait plus lâchée.

En cheminant d'un pas de vieillards, nous rêvions des mêmes choses aux échos assourdis. Une pièce de bœuf mangée à Assouh. Ravil et Ako se régalant sans fin des graisses luisantes restées sur leurs doigts. Les amusements idiots qu'accompagnait le gloussement des enfants. Et puis l'amour que l'on faisait en hâte tandis qu'on envoyait les gamins au diable, chercher du bois, de l'eau, des fèces, que sais-je encore. En quelques secondes, nous nous débarrassions des vêtements, grimpions et roulions l'un sur l'autre, excités par la moiteur de la cahute, nos baisers ponctués de halètements, nos peaux se joignant, se heurtant, dans un bruit de cognées sourdes. Pressées. L'urgence de l'aboutissement rendait les choses encore plus drôles, cent fois nous avons joui, ensemble, chacun bâillonnant l'autre avec la main, la peur d'être entendus relançant les fous rires. Parfois un gamin revenait trop vite, nous le chassions en vociférant, et affreusement gênés, on l'entendait se venger en claironnant, à voix forte, que c'était l'heure des papouilles. Qu'il fallait attendre pour entrer. On entendait les voisins proches s'esclaffer. Mais nous n'étions pas les seuls. L'amour et le rire sont le luxe des pauvres, leur respiration. Tout le village en consommait comme on se sert d'un plat goûteux, inépuisable. Merveilleux. Dans les voix enjouées, dans les regards arrosés de lumières, sur chaque peau que le soleil tannait, errait la conscience chaude d'une abondance, le plaisir toujours renouvelé de cuisses tièdes s'écartant sur un sexe velouté et juteux comme l'intérieur d'un fruit, du membre qui se dresse par enchantement, comique et émouvant, des chairs soudées qui dansent jusqu'à la jouissance, aussi naïve et contagieuse qu'un rire d'enfant. Les rires justement fusaient, d'un cabanon à l'autre, bruissaient dans l'air, intervenaient à tout moment, souvent sans raison, relayés par les bambins mais aussi par les bêtes, chèvres, brebis, chameaux et ânes apportant sans prévenir quelques sons haut perchés, inattendus, parfois stridents, relançant la bonne humeur générale comme une remarque cocasse glissée dans le cours joyeux de la vie. Tout cela datait de quelques poignées de jours. Pourtant cette existence insouciante me semblait avoir mille ans. Ou alors relever d'un autre temps, dans un autre monde.

Au moment où je me faisais cette réflexion, Mouna s'affaissa et j'eus juste le temps de la rattraper dans mes bras avant qu'elle ne chute sur le sol.

J'avais trouvé un endroit exceptionnel. Un arbre immense, portant des branches comme d'épais et longs serpents noirs, nous assurant une ombre confortable. Il protégeait du soleil à tous les points d'horizon et même au zénith. Un peu en surplomb, il permettait aussi de surveiller les alentours. Je l'avais repéré de loin. J'avais porté Mouna sans connaissance jusqu'à cet arbre, en peinant à travers des petits monticules de terre mélangée de sable. Suant, soufflant, le licol de Chamelle entre les doigts, mes pieds nus entrant comme dans une boue, molle et brûlante.

Aussitôt arrivé, j'étendis Mouna sur une natte, la nuque soutenue par une couverture roulée. Elle bredouillait des choses inaudibles, semblait parfois se réveiller mais reperdait aussitôt pied. Shasha s'était assise à côté d'elle mais sa petite figure cherchait sa bête. Chaque fois qu'elle réalisait son absence, ses traits ondoyaient comme un plan d'eau après un jet de pierre.

Je me suis écarté pour qu'elle ne me voie pas égorger la plus faible des chèvres restantes. Elle allait périr dans la journée ou le lendemain, mieux valait en profiter plutôt que de l'abandonner sur la piste. Très grossièrement, je me débarrassai de la peau, découpai de gros quartiers de viande que je fis cuire, au-dessus d'un feu. Ensuite je les déposai sur un tissu, en plein soleil, pour qu'ils sèchent rapidement. Cela allait nous assurer de la nourriture pour quelques jours.

Il ne fallait plus compter sur Chamelle. Elle ne donnait désormais plus qu'un litre de lait au matin. Je tentai une deuxième fois de la traire. Mais elle frotta le sol avec ses pieds, grondant sourdement, tandis que je m'escrimai à presser les pis ternes. Quelques gouttes de liquide blanchâtre, voilà tout ce que j'obtins. La faim, l'épuisement et peut-être aussi le cours naturel des choses expliquaient la fin de la lactation. Ce qui rendait les choses simples : ou nous restions ici, sous cet arbre, et allions mourir tous les trois de soif. Ou nous poursuivions le chemin dans l'espoir qu'il nous amènerait à un puits avant qu'il ne soit trop tard. Les outres étaient toutes vides, sauf une contenant l'équivalent de deux grandes bouteilles d'eau en plastique. En somme, presque plus rien.

Je jetai un regard inquiet sur Mouna, allongée, toujours inconsciente, que j'avais couverte d'une fine couverture. J'allai m'asseoir près d'elle, dos contre le tronc. Shasha fit pareil, les yeux dans le vague, sa main dans celle de sa mère. Nous avons passé la journée à la veiller ainsi, muets et immobiles. Nous crevions de soif. Mais j'avais calculé que nous ne pourrions boire qu'au soir, un gobelet seulement chacun. Il fallait attendre. Sans trop bouger. En évitant tout effort. J'ai prié avec l'enfant un long moment, le front vers le nord. Puis la petite s'endormit, la tête contre une racine épaisse. Je contemplai alors les immensités irisées d'or et de feu. Chamelle ruminait, impassible, les antérieurs entravés.

La seule solution était d'abandonner Mouna. Quand j'arrivai à cette conclusion, et bien que mes émotions fussent rognées par l'épuisement et la soif, cela me fit un coup féroce au cœur. Je repartis dans l'élaboration de solutions miraculeuses et absurdes, le regard fouillant la lumière étincelante du sable et du ciel, avant de revenir lentement, au terme d'une cogitation en boucle, à mon point de départ. Cela dura jusqu'à ce que Mouna s'éveille, en fin d'après-midi. Elle bougea un peu, tenta de se mettre sur son séant, y renonça, examina l'œil vide Shasha endormie à son côté, et resta étendue, sans parler. Aux coins de la bouche, des grumeaux blancs s'étaient agglutinés. Ses lèvres tremblaient, dévorée de fièvre, elle avait froid malgré la fournaise. Je m'approchai d'elle, la pris longtemps dans mes bras, la pressant contre moi sans un mot. Elle dégageait une odeur sucrée d'urine, de sueur et de sang. Elle était parcourue de frissons qui se transformaient par moments en soubresauts secs comme une trépidation. Quand elle remuait ainsi en claquant des dents, je la serrais plus fort jusqu'à ce qu'elle se calme. Elle allait mourir, je le sentais bien. Noyé dans une teinte de cendre, son visage était marbré de plaques comme de grandes taches de lait. Ses yeux étaient enfoncés, comme aspirés de l'intérieur, mangés de blanc, vitreux. Sa respiration était très rapide, courte, elle semblait manquer d'air, d'ailleurs elle avait mis une main au creux de sa poitrine, à plat, comme pour s'encourager. Elle allait mourir bientôt, je le savais bien. Je la retenais, la couvrais de mes longs bras, l'enveloppais comme ces oiseaux que l'on serre, enfant, dans les paumes jointes, de crainte qu'ils ne s'envolent. J'avais mis la main gauche derrière sa nuque, passé mon bras droit sous son aisselle, soulevé sa tête pour qu'elle se cale sur ma poitrine, et nous étions emboîtés ainsi, l'un dans l'autre. Silencieux. Autour de nous, la même solitude. Shasha ne s'était pas réveillée. Le crépuscule figeait la silhouette agenouillée de Chamelle qui semblait monter la garde en méditant. Le ciel s'assombrissait, comme voilé d'une menace ambrée, traversée au loin par des éclaboussures de lumière. Collée contre moi, Mouna regardait, les yeux écarquillés, la grande nuit tomber. Je lui parlai en chuchotant. Je n'évoquais que les bons moments, les enfants, les rires, l'amour. Elle écoutait ma voix et mes mots couler. Demi-quiétude flottant sur ses traits exténués. Sa respiration se fit un peu moins saccadée. Elle appuya son dos contre le tronc de l'arbre derrière elle. Je lui donnai un gobelet d'eau qu'elle but en trempant plusieurs fois la langue dans le liquide, comme si elle le lapait.

— Tu sais, c'était moi, me dit-elle quand elle eut fini, d'une voix à peine audible, fragile comme celle d'une très jeune fille.

Je levai la tête et fis une moue, pour dire que je ne comprenais pas.

— C'était moi quand tu étais avec Salimah.

J'eus un temps d'arrêt, hochai ensuite la tête. Cette révélation n'avait au fond pas grande importance. Les traits creusés, Mouna me considéra pourtant avec une expression intense où flottaient des sentiments que je ne savais pas démêler. Il y eut un long silence pendant lequel elle parut deviner chacune de mes pensées.

Pendant trois et même quatre saisons sèches, rien ne s'était passé. Comme les autres, je trouvais Salimah belle, d'une beauté que nous n'avions jamais vue au village. Assambô l'avait rencontrée dans un hameau voisin, je ne la connaissais pas. L'arrivée de cette jeune femme racée, à la peau couleur de pain cuit, aux seins tendus gonflant ses vêtements de percale bleu indigo, fut l'objet d'une grande curiosité au début. Puis on s'habitua. Elle eut très vite le premier enfant, puis les deux autres en retour de couche, si bien que la famille fut constituée en tout juste deux ans et quelques lunes. Bien qu'un peu réservée, elle n'était pas fière. Elle lâchait des rires malicieux qui éclairaient d'un blanc lumineux un joli visage au nez droit, aux lèvres gonflées et toujours luisantes sur lesquelles elle déposait régulièrement un peu de salive du bout de la langue. En haut de la tête, elle tressait des nattes qu'elle réunissait jusqu'au centre du crâne en y mettant des huiles aux parfums de terre et en les teignant au henné, selon des dessins compliqués et changeants comme des motifs de tissus. Ce qui fascinait par-dessus tout les hommes, et agaçait un peu les femmes, c'était ses hanches larges, rondes, chaloupant sous la robe, les fesses si bombées, cambrées qu'elles apportaient une disproportion provocante par rapport aux longues jambes nerveuses, et ce petit défaut augmentait encore le sentiment que chacun de ses mouvements exhalait le sexe, chargeant l'air de particules lourdes et odorantes qui embaumaient les narines et serraient la gorge. Tout cela, je le voyais, sans y penser, sans en prendre réellement conscience.

Mais à la dernière saison des pluies, un jour qu'elle était assise sur une grande pierre plate, à la sortie du village, et que je cheminais l'esprit vide, mon regard lui déroba en passant l'image de la peau sous ses jupes, à la limite de l'étoffe couvrant son pubis, cette petite nudité, trahie par un mouvement de tissus, s'imprimant aussitôt sur mes rétines. Je l'emportai malgré moi comme un fruit épineux accroché au passage d'un buisson, découvrant à chaque pas, le ventre remué par des ondes, l'intensité croissante de cette chair veloutée alors que me

138

revenait son expression surprise, un rien amusée peut-être, quand elle avait vu mes prunelles happer l'ombre douce au creux de ses cuisses et s'enfuir comme courent les voleurs.

Je jure bien pourtant que je n'avais aucune intention de cet ordre, ce jour-là. Mais, dès cet instant, chaque fois que nos regards se rencontraient, c'était comme si la scène se répétait indéfiniment, de moins en moins innocente, se chargeant d'une obscénité tiède et complice, se gravant un peu plus dans les esprits et les corps, augmentant chaque fois notre trouble. Dès que je la voyais, le désir me bloquait la respiration tandis qu'il donnait à Salimah quelque chose d'hésitant, de gêné, d'instable, embuant ses yeux comme aurait fait un chagrin. Un jour enfin, sans que nous ayons rien prémédité, sans même un signe de connivence, je la suivis en silence jusqu'à des fourrés de très grandes herbes, plus hautes que la taille d'un homme, chaque mouvement de ses hanches me remplissant la bouche de salive et rendant mon sexe douloureux à force de se tendre. Au milieu de cette végétation, il y avait le tronc blanchi d'un arbre mort, très incliné, planté dans le sol. Elle fit glisser un bout d'étoffe le long de ses jambes, le ramassa d'un geste vif, comme on se baisse pour prendre quelque chose tombé au sol. Elle enjamba la base de l'arbre, resta un instant les deux mains autour du tronc, attendant que je vienne derrière elle. Alors, elle releva les tissus sur ses reins et m'exhiba ses longues jambes, chaudes et pleines, qui s'ouvraient sur la rondeur des fesses, bombées comme les deux coques d'un immense fruit serties de deux fossettes, juste au-dessous d'un creux profond amorçant une cambrure à l'amplitude large et émouvante comme l'ondulation d'une grande colline aux senteurs mêlées de poivre, de henné et de terre. Je m'étais défait, et je l'avais baisée ainsi, sans un mot, les deux mains tenant alternativement ses hanches et ses seins, sentant contre mon ventre sa chair humide, brûlante, elle gémissant à chaque coup de reins et tournant le cou parfois, le visage de profil, pour chercher ma bouche et enfouir sa langue entre mes lèvres. Elle avait joui en même temps que moi, sans un mot, sans un cri, en aspirant de l'air entre ses dents serrées. J'avais juste eu le temps de passer ma main sur la rondeur d'une fesse pour enlever un peu de semence. Elle avait rabattu la robe sur ses hanches nues, et, en silence, comme un fantôme, était partie entre les hautes herbes, sans se retourner. Nous n'avions pas échangé un mot. Le soir, je vis que l'écorce de l'arbre lui avait fait des écorchures sur la joue.

Je croyais l'affaire close, un simple intermède dans le cours du temps. L'envie de sexe pourtant était revenue, plus pressante encore. Impérieuse. Nous avions recommencé, au même endroit, quelques jours plus tard, selon les mêmes codes de silence et de rêve, moi la besognant par-derrière, elle s'agrippant au tronc, jouissant en silence et disparaissant ensuite, comme une ombre avalée par la végétation jaune et verte. Puis c'était devenu une habitude et nous le faisions, tous les deux ou trois jours, parfois très vite, parfois en prenant notre temps. À aucun moment, dans ces instants-là, nous ne parlions ou même croisions les yeux car nous aurions perdu le sentiment de l'illusion et de l'impunité. Jamais je ne vis son pubis, je la pris toujours de dos. Mais je m'étais aperçu que, chaque fois, les deux mains enserrant le tronc, la tête ondulant dans un lent va-et-vient, elle léchait l'écorce, à grands coups de langue rythmés avec ceux de mes reins.

Cela aurait pu durer, longtemps. Une fin de journée pourtant, je devinai une silhouette dans les herbes, on voyait le haut de certaines tiges bouger. Salimah ne s'était rendu compte de rien et gémissait. Les yeux sur la forme grise, je continuai mon mouvement jusqu'à ce que cette ombre ait disparu, et que Salimah ayant joui, en faisant siffler une longue inspiration entre ses dents serrées, ait laissé tomber l'étoffe sur sa peau nue et se fût enfoncée dans l'épaisseur de la verdure. Depuis six mois, malgré les invites muettes de la jeune femme, je n'étais jamais revenu près du tronc blanchi.

— C'était moi, répète encore Mouna.

Elle semble avoir accompagné, image après image, chacun de mes souvenirs. La même énigme nous taraude. Salimah a-t-elle convaincu Assambô de nous suivre à cause de ces étreintes ? Je n'en sais rien, cela n'a de toute façon plus d'importance.

Mouna, la tête en arrière, ferme les yeux.

— Tu n'as pas trouvé d'eau pendant mon sommeil, me demande-t-elle, essoufflée.

Je fais non d'un signe.

— Rahne, les petits..., dit-elle, le visage tordu soudainement d'angoisse et de souffrance.

— Personne n'a volé leurs yeux, lui dis-je simplement.

Elle me scrute, des ombres dans le regard, reste un long temps muette, absente, perdue dans des réflexions qui lui rident le visage par petites vagues. C'est peut-être mieux ainsi, lâche-t-elle comme si elle se parlait à elle-même.

— Je n'aurais jamais pu repartir avec toi..., dit-elle encore.

« ... dans l'état où je suis, complète-t-elle, après un temps d'arrêt.

Je hoche la tête.

— Si je perds conscience, reprend-elle à voix basse, il faudra me laisser ici... Et partir chercher du secours, avec Shasha, ajoute-t-elle, d'un ton sans illusion.

Je ne réponds pas, cela ne servirait à rien. Elle a l'air à nouveau très affaiblie, les traits voilés d'une brume grisâtre, l'odeur du sang pourrissant soudain insistante. Sans doute cette puanteur douce incommode-t-elle la petite qui se réveille en se frottant les yeux, fronce le nez, examine sa mère, puis les alentours d'un air triste. Je lui tends le gobelet qu'elle boit trop vite, et dont elle scrute le fond d'un air déçu avant de s'endormir à nouveau, harassée de fatigue. Alors Mouna et moi nous rapprochons, tous deux silencieux, traversés de songes et de frissons, parce que la nuit est fraîche, parce que nous sentons bien que la mort est venue, comme une compagne discrète, s'asseoir sans bruit près de nous. Les étoiles, comme de minuscules pointes crayeuses, parsèment un ciel turquoise. Un demi-œil de lune apporte sa lumière blafarde en blanchissant les crêtes et les sommets échancrés. Tel un miroir, ce paysage immense réfléchit vers les espaces scintillant au-dessus de nos têtes leur message silencieux de puissance, de lenteur et de vide. Il n'y a pas de prise ici pour la main ou les cris des hommes. C'est un lieu de combat où se joue une lutte muette entre les choses et le temps, un corps à corps insondable et comme alangui où la victoire de l'un ou l'autre, arc-boutés comme des titans, se mesure à l'effondrement subit d'une petite couche de sable au bas d'une dune ou le creusement imperceptible d'une ombre noire dans la chair pétrifiée d'une roche.

Qu'avons-nous fait à Dieu ou aux hommes pour venir mourir dans ce lieu ? Il ne faut pas dormir, Mouna. Sinon le jour viendra sans qu'on s'en rende compte. Il y a un adieu caché, dissimulé dans chaque seconde qui passe.

Elle se serre contre moi.

Met sa bouche dans mon cou.

Murmure tout bas quelque chose dont je ne saurai jamais rien.

Puis, brûlante de fièvre, chavire et se laisse emporter par les flots noirs, la tête sur ma poitrine. Je résiste encore au sommeil, la gorge serrée par le chagrin. À quelques mètres, le profil de Chamelle. Elle observe le paysage bleuté, le cou dressé, immobile, presque minérale, tantôt ruminant, tantôt figée, en conversation avec le sable. Je m'endors malgré moi, rivant mes yeux sur cette image familière comme on passe la main sur la tête chaude d'un chien.

Au matin, Mouna ne bouge plus. J'ai beau lui parler, la secouer, elle reste sans réaction, le visage terreux. On ne sent plus son pouls sur la grosse veine du poignet. En mettant l'oreille sur sa poitrine, on perçoit un battement précipité et très lointain. Elle est encore vivante, mais inconsciente, dans le coma. Il faut partir, elle-même l'a exigé. De toute façon, une nouvelle fois, nous n'avons pas le choix.

Je prépare Chamelle. La même musique a repris, pure, qui résonne toujours plus fort dans mes oreilles. L'image de ma première femme ne me lâche pas. Tout ensommeillée, accroupie près de sa mère, l'enfant m'observe sans un mot.

— Je reste avec maman, me dit-elle enfin d'une voix basse.

J'avais prévu cela. D'un mot, d'un froncement de sourcil, je pourrais l'obliger à monter Chamelle. Je préfère la convaincre.

— Non. Il faut partir ensemble.

— J'attendrai avec elle, s'obstine-t-elle.

— Imagine qu'il m'arrive quelque chose, que je

tombe malade moi aussi. Si tu n'es pas avec moi, il n'y aura plus personne pour lui venir en aide.

Elle fait une grimace, hésite, veut dire quelque chose, se retient, secoue ses petits cheveux.

— C'est bien embêtant, lâche-t-elle finalement en hochant la tête.

Elle embrasse sa mère, tout doucement, reste quelques instants à lui parler, et d'un air résigné se dirige vers Chamelle, fait un brusque demi-tour, retourne vers sa mère d'un air résolu, lui crie très fort de ne pas s'inquiéter, repart vers l'animal. J'accélère le mouvement. Je mets près du corps inanimé une outre contenant deux gobelets d'eau. C'est une précaution inutile et qui nous coûte cher. Mais si Mouna sort un instant du coma, il faut qu'elle puisse boire. J'embrasse sa bouche sèche et brûlante, je mets mon front contre le sien. Dernière prière. Je sens un petit souffle chaud filtrer entre ses lèvres. Il faut partir, cesser de perdre du temps. Passe à nouveau le fantôme de ma première femme, terriblement présent.

J'installe la petite sur Chamelle, l'attache fermement avec les cordes, fais dresser la bête en lui tapotant le crâne avec le bâton, commence aussitôt la descente de la colline de terre sableuse, m'éloignant sans réfléchir, sans me retourner, chaque pas me déchirant le ventre. Arrivé en bas, je réalise tout à coup que j'ai mis l'eau trop loin de Mouna, qu'en cas de besoin, tâtonnant, elle ne pourra peut-être pas la trouver. Je plante mon bâton dans le sol, j'y attache le licol pour immobiliser Chamelle, retourne en hâte vers mon point de départ, mes pieds s'enfonçant dans le sol meuble et glissant. Quand j'atteins l'arbre, je reste interdit. Mouna s'est déjà emparée de l'outre. Elle la tient serrée et dort ainsi, la joue sur cette outre flasque, les yeux clos. J'hésite un très court instant, puis, sans un mot, sans un bruit, fais demi-tour et repars sur la pointe des pieds.

En bas, Chamelle a disparu.

Plus exactement, elle cavale. Elle vient d'arracher le bâton que j'avais planté dans le sable et file d'un pas rapide vers l'horizon, Shasha sur son dos. Je me mets à courir derrière elle en poussant des imprécations. Heureusement, elle ne va pas très vite. Peu à peu, je me rapproche, dépensant ce qui me reste de force dans cette course absurde. Se sentant rattrapée, elle se met soudain au trot. Et paraît danser ainsi, fine et élégante, déployant des pattes interminables et paraissant placer leurs soles selon des codes mystérieux, silhouette blanche filant sur un sol qu'orangent les premières lueurs du soleil, inventant un parcours insolite en contournant les dunes, revenant sur ses pas, le museau très haut, comme à une parade, accompagnée par une ombre tantôt courte et massive, tantôt agrandie, portée par quatre longs piloris noirs lacérant le sable, indifférente à mes cris, à la longe qui en traînant menace de la faire chuter, et aux petits cris de Shasha, secouée sur son dos comme un sac de fruits.

Puis, tout à coup, elle s'immobilise près d'un épineux, et m'attend, d'un air de royale indifférence.

Quand j'arrive près d'elle, je suis si essoufflé que je menace de vomir. Elle me considère en mâchonnant, la tête haute dressée sur son long cou, ses petites oreilles blanches et narquoises pointées sur moi.

— Dès qu'on arrive, je te transforme en viande, dis-je d'une voix qu'enrouent la rage et l'envie de meurtre.

9

Ainsi Shasha, nous voilà seuls.

J'avais trois fils. C'était mon bien le plus précieux. Il ne me reste plus qu'une fillette sur un chameau. C'est ce qu'a voulu Dieu, je n'y suis pour rien. Le licol en main, envahi de songes et de chagrin, je conduis la petite et sa monture d'un pas lent, dans des flambées de carmin et de rose, comme un père menant son enfant vers un fiancé inconnu.

À plusieurs reprises, j'ai jeté vers elle un regard bref. Les yeux grands ouverts, Shasha ne dit mot. Depuis la disparition d'Imi, elle n'est plus la même, fermée comme une petite coque frémissante et blessée. De temps en temps, elle se retourne. Elle cherche quelque chose dans le paysage blanchâtre derrière nous, je ne sais pas quoi. Elle paraît si menue sur sa monture. Il lui manque en taille l'équivalent de six doigts par rapport aux petites de son âge. Pour l'embêter, ses frères l'appelaient comme cela : six doigts. Vexée, elle ripostait en leur envoyant des poignées de terre. Une fille, c'est une projection de la mère, cela vit dans son ombre, subit les mutations compliquées d'un corps qui un jour se fend et pleure du sang, un corps auquel le père reste toujours étranger, vaguement inquiet. Puis elle se marie et disparaît en emportant avec elle ses mystères. Mais quand la mère n'est plus là, que se passe-t-il ? Pour le moment, la fillette se tait.

Chamelle martèle la piste qui s'est durcie. Ce matin, malgré tous mes efforts, elle ne nous a donné quasiment aucun lait. Autour de nous, le paysage s'est mis à changer. La frontière entre savane et désert disparaît peu à peu. Le chemin longe maintenant une sorte de mur arrondi par les vents qui marque la dernière limite entre terre et sable. Les dunes se sont très lentement aplanies en un moutonnement doux, tandis que se raréfiaient à notre gauche les épineux et les plages d'herbes jaunâtres. Les deux mondes s'enlacent, et ne veulent plus faire qu'un. Je ne sais où tout cela nous mène. La boussole indique toujours l'est, oscille. Mais les étoiles et le soleil disent que je vais plein nord. De toute façon, maintenant, il n'y a plus de question à se poser. Il faut avancer en espérant que ceux qui nous ont précédés avaient un objectif précis. Sinon, nous périrons dans deux jours environ. Jamais les choses n'ont été aussi limpides. Toute la complexe équation de la vie avec ses innombrables inconnues se résume désormais à la présence, ou pas, d'un trou d'eau. Cette simplicité apporte la quiétude. Cela ne suffit pas pourtant. La mort douce, celle que l'on vient apprivoiser, en lui caressant le flanc du bout des doigts, celle-là n'appartient qu'à ceux qui ont été dépouillés de tout. Ce n'est pas encore mon cas.

— Vas-tu cesser ! crie justement Shasha à sa monture, qui baisse la tête et tente de se frotter le museau contre le sol.

La fillette manque une nouvelle fois basculer, se rattrape tant bien que mal à une touffe de poils sur l'encolure. Je fais baraquer la bête. Shasha se laisse glisser sur le sol.

— Ce sont les vers qui la travaillent, dis-je en fouillant avec les doigts, l'une après l'autre, chaque cavité des naseaux. J'attrape deux ou trois longs vers blancs que je jette dans le sable brûlant. Chamelle ne se débat pas, d'habitude elle secoue la tête d'un air furieux en me montrant ses dents. C'est l'épuisement à coup sûr qui la rend aussi docile.

La petite me regarde et attend, accroupie, les yeux vides, la tête entourée de turbans.

— Il y en a beaucoup, dis-je encore en scrutant l'intérieur des parois sombres et luisantes.

Dans un petit sac en peau, je prends une poignée de tabac que je mets de force sous son museau et dont Chamelle aspire une grande quantité. Rien ne se passe. Je reprends une autre poignée qu'elle vide pratiquement en deux ou trois longues inspirations. Aucune réaction. Sur le visage jusqu'alors sans expression de Shasha apparaît une lueur impercep-tible, une toute petite brillance dans les yeux qui trahit une curiosité naissante, teintée d'amusement. Pour la troisième fois, je fais flairer au chameau du tabac, cette fois-ci directement dans le sac. Puis j'attends, face à la bête, debout, les bras croisés. Décidément rien ne vient, c'est curieux. Shasha me scrute, quelques-uns de ses cheveux, enfuis des tissus, frisottant dans l'air. Brusquement Chamelle éclate d'un éternuement, violent comme un coup d'orage, qui éjecte deux ou trois vers en une fois, suivi d'une série d'autres ébrouements, qui lui secouent la tête et le corps, en faisant branler le harnachement qu'elle a sur le dos. La gamine sursaute, un sourire se dessine sur sa frimousse. La bouche s'ouvre sur ses petites dents toutes blanches, étincelantes sous le soleil, éclairant sa peau couleur de pain chaud. Chamelle lève la tête vers le ciel en blatérant, et la rabaisse brusquement en lâchant un autre éternuement, colossal et tonitruant, projetant dans l'air une poignée de vers dont l'un se fiche dans mon cou. Le sentant grouiller sur ma peau, je me débats, tente de m'en emparer, le rate, enlève précipitamment mes vêtements accompagné par les rires de la petite, incapable de retenir les flots de sons aigus qui lui viennent du fond de la gorge, incontrôlables, et qui lui font mal aux lèvres pourtant, sèches et fendues.

La respiration coupée, elle est secouée par une crise de gaieté qui ne cesse pas. Je la contemple avec émotion, retrouvant un instant la gamine rieuse que j'avais crue perdue. À nos côtés, Chamelle éternue de plus belle. Je suis presque nu sous le soleil, vêtu d'un seul caleçon. Déjà la peau me brûle.

— Ce que nous nous serions amusés avec Ako

et Kizou, regrette-t-elle, subitement les yeux embués de larmes, avant d'éclater à nouveau de rire, sans trop ouvrir les lèvres, tandis que je me rhabille.

— Tu me donnes de l'eau ? demande-t-elle, calmée.

Nous avons bu à longs traits et sommes repartis comme cela, Chamelle un peu soulagée de ses irritations, Shasha s'esclaffant par intermittence quand la scène repassait devant ses yeux, moi le cœur gonflé de sa joie d'enfant. La gêne entre nous avait disparu, tout était devenu plus facile. Tout père en confrontation solitaire avec sa fille n'a sans doute pour seule solution que de la faire rire ainsi, me suis-je dit.

Après une longue période de rêverie, où je l'avais crue endormie par le balancement du chameau, elle m'interrogea :

— Tu crois que nous allons mourir ?

— Non. Je ne pense pas.

— Tout le monde est mort à cause de toi pourtant.

— Pourquoi dis-tu ça ? lui demandai-je, éberlué.

— Parce que je le sais, affirma-t-elle d'un air assuré, en se retournant pour chercher à l'horizon quelque chose.

Je n'avais pas la force d'argumenter. Si nous en réchappions, il faudrait que je lui explique. Ce n'était pas le moment. Elle n'était plus comme avant, je le voyais bien. Les épreuves l'avaient marquée avec une brutalité dont il restait, comme des cicatrices, une brume errant sur sa bouille d'enfant, des ombres noires passant dans ses yeux, une raucité assourdissant sa voix. Et aussi des pensées qui, ses petits sourcils froncés, la rendaient absente, distraite. Ailleurs.

— Tu es en colère ?

— Oui... Mais tu es la seule chose qui me reste, répondit-elle d'un ton bas.

Ce fut le mot « chose » qui me fit de la peine. Alors je me tus. Je repris mes calculs. L'eau restante devait nous permettre de tenir encore aujourd'hui, et au mieux une partie du lendemain. Tout harassés que nous étions, il valait donc mieux ne pas s'arrêter cette nuit. Bien sûr, il y avait le risque que je m'effondre. À plusieurs reprises d'ailleurs, j'avais chancelé, vomi aussi, le cœur battant à grands coups. Mais peut-être était-ce mon urine, que j'avais bue et qui m'avait dégoûté. Nous jouions nos dernières chances. Il fallait abattre le plus de distance possible en quête de ce damné puits. Car forcément il y avait un puits. Une route ne traverse pas le désert par hasard, il y a toujours sur son trajet au moins un point d'eau. Dans quelques poignées d'heures pourtant, il serait trop tard pour le trouver. Non, décidément, il ne fallait pas se reposer. L'organisme d'ailleurs continuait à fonctionner, envers et contre tout. Un pied devant l'autre, le tambour dans la poitrine roulant sans faiblir, une expiration chassant l'inspiration précédente. Quand je me croyais proche de l'écroulement, tout se remettait par miracle à peu près en place, malgré les os douloureux et les muscles parcourus de crampes. On disait à tort les hommes de nos clans peu résistants, trop grands. Mais je prouvais le contraire.

— Pourquoi faut-il avancer comme cela ? m'interrogea encore la petite.

— Il doit y avoir un puits devant nous. Quelque part. Je ne sais pas où.

Elle me considéra, un pli fin lui barrant le haut du front.

— Et si tu savais qu'il n'y a aucun puits devant nous, tu t'arrêterais ?

— Non, dus-je admettre après un temps de réflexion.

— À cause de maman ?

— Parce que c'est notre sort à nous, les pauvres, de toujours marcher jusqu'au bout de tout.

Elle marqua un arrêt, réfléchit un instant et demanda si, partout, il y avait ainsi des gens qui allaient sur les chemins. Je lui répondis des millions, même des centaines de millions, dans presque tous les pays du monde. Leurs pas faisaient trembler la planète tant ils étaient nombreux. Et, pour l'amuser, je lui fis écouter une rumeur imaginaire qui venait du fond de la terre.

— Il y en a partout des petites filles qui cherchent de l'eau ou qui fuient la guerre ? demanda-t-elle encore.

Je dis oui. Cela la fit sourire, toutes ces petites filles errant sur d'innombrables sentiers, chemins et pistes, avec lesquelles elle se sentait soudain en une formidable connivence.

— J'aimerais bien les rencontrer, dit-elle, les yeux brillants.

Le soir approche. Nous n'avons pas trouvé de puits.

Toute la journée, nous avons cheminé à pas lents, Shasha entrecoupant les longs silences par des interrogations. Je répondais plus ou moins selon la fatigue. Parfois je retrouvais des réflexes d'instituteur, lui racontant d'une voix pâteuse et alanguie les secrets de la terre et du vent, les mystères du ciel et ses étoiles. Jusqu'à sa fin, l'homme est un animal apprenant. Et si nous devions périr, j'avais le sentiment qu'elle emporterait cela avec elle. Quand la fillette parlait de Mouna, je ne relevais pas. Alors, elle fronçait les sourcils, perdue dans des réflexions muettes. Il me semblait la découvrir comme s'il s'était agi de l'enfant d'un autre. Mouna avait été comme un voile sombre brouillant la présence de la fillette. Il rôde dans les familles, et cela depuis la nuit des temps, une rivalité muette entre mères et filles qui veulent l'une et l'autre s'emparer du regard du père. Sans même s'en douter, Mouna avait fixé des règles et des interdits : les garçons seraient ma priorité tandis que Shasha ne devait pas m'intéresser. Je m'agaçais d'ailleurs à l'époque des manœuvres de la gamine pour attirer mon attention. Elle était trop souvent dans mes pattes, câline

156

et joueuse comme un chaton, cherchant à briser mon indifférence par d'énervantes gesticulations. Aujourd'hui, dans ces immenses étendues solitaires gorgées de chaleur, alors que la soif me sèche la gorge et que le soleil me rôtit la peau, cheminant quasiment sans eau vers un destin improbable, je prends conscience avec étonnement de l'existence soudaine, intense, palpable, de cette singulière femme en miniature dont les deux gambettes cuivrées balancent doucement de part et d'autre du chameau.

À un moment, nous avons fait une courte halte, pour nous reposer un peu. Shasha s'était assise sur un petit mamelon de terre rougeâtre. Elle avait mal aux fesses, je lui ai proposé d'enduire les crevasses de beurre, mais elle s'est enfuie, offusquée et furieuse. Elle s'est débrouillée toute seule.

Maintenant elle examine ses cheveux en prenant des mèches qu'elle met devant son nez, louchant dessus et faisant la grimace :

— Pouzzi, tu ne peux pas m'aider pour mes nattes ? Tu n'y connais rien en nattes ? me demande-t-elle soudain volubile et agitée, tandis que je soigne une patte du chameau.

Je relève le menton, fais un non, un peu effaré.

— Évidemment, il sait pas, dit-elle à voix basse en secouant la tête comme on se parle à soi-même.

Et, en soupirant, elle remet sous les tissus une chevelure éclaboussée de flammèches huileuses et argentées, hérissée de frisettes, d'épis et de boucles comme les pailles noircies d'un nid qu'auraient traversé des vents malicieux.

À force de m'occuper de la petite, je finis par en oublier Chamelle. Elle me surprend pourtant, elle aussi. À deux ou trois reprises, la bête s'est arrêtée net. Aucun arbuste appétissant n'en était la cause. Elle se figeait, voilà tout. Et restait comme cela sans bouger quelque temps, quoi que je dise ou fasse. Je ne sais pas ce que cela signifie. Elle a perdu maintenant plus du tiers de son poids. Ce n'est pas en soi dangereux. Trouverait-on une source qu'en moins d'une heure, elle absorberait cent litres, ou même plus, et grossirait d'autant. Mais là, il y a autre chose. Quand nous faisons une halte, câline, elle frotte le haut de sa tête contre ma poitrine, ou le dessous de la gorge sur mon crâne. Cette tendresse subite m'inquiète. L'épuisement lui donne un air pensif et profond, la même physionomie grave et mélancolique qu'elle a, la nuit, quand, immobile dans l'obscurité, son long cou dressé et ne paraissant jamais dormir, elle semble poursuivre une méditation millénaire en contemplant les dunes éclairées par la lune.

J'ai remarqué aussi qu'elle ne broutait plus les rares arbustes ou herbes jaunes trouvés sur la route. Elle les ignore et passe. C'est à n'y rien comprendre.

Le soir vient et nous avons de moins en moins d'eau. Je n'ai pas été discipliné. La petite m'a tourné la tête. Elle demandait toutes les heures un petit peu à boire, quelques gorgées seulement. J'ai cédé chaque fois. Je ne sais pas pourquoi, c'était de la folie. Nous avons vidé l'outre en grande partie. Cette nuit, plus question de poursuivre. Il faut profiter du sommeil pour échapper à la soif. Et tenter le tout pour le tout demain, aux aurores, comme on jette ses dernières cartes, en se préparant à quitter la table et le jeu.

Un petit souffle de vent s'est levé qui n'apporte aucune fraîcheur. Il pique les yeux et colle sur la peau des poussières. Gorgé de lumières, le paysage s'aplanit toujours. À main droite, nos ombres réunies ondoient sur un sol teinté d'ocre et de miel. Une forme amicale et burlesque chemine ainsi du même pas que le nôtre, un étrange animal noir et massif, capable de toutes les contorsions, de brusques écrasements ou d'interminables élévations, affublé de six longues pattes, avec, à sa proue, au bout d'une longue échappée sombre, la tête allongée de Chamelle, et sur le haut, sertie sur une petite masse dense, le crâne rond de Shasha, épaissi de turbans. Shasha ne cesse de se retourner et de scruter les grands espaces derrière nous. Finalement, n'y tenant plus, je lui dis :

— Qu'y a-t-il pour que tu t'agites comme cela ?

Elle reste un instant songeuse, son petit visage harassé de fatigue et de soif.

— Je vérifie qu'Imi est bien derrière nous, me confie-t-elle.

Par réflexe, je me retourne, examine les platitudes vides. Un long silence.

— Je ne vois rien, Shasha.

— C'est normal. Tu ne vois jamais rien..., répond-elle en secouant la tête.

Mieux vaut se taire, continuer à avancer. Il est impossible, ici, de punir son insolence. Il faudra régler cela plus tard. Après un bon moment, je reprends :

— Alors Imi, elle est toute seule ?

— Eh bien non, dit-elle comme une évidence.

— Il y a qui avec elle ?

— Ako et Kizou.

J'approuve d'un signe de la tête, saisi de frissons. Je m'arrête un instant et observe la ligne dansant derrière moi. Les paupières mi-closes, presque fermées, j'imagine dans les lointains, à partir des taches qui flottent devant mes yeux, l'ombre de la petite chèvre, celles des deux garçons l'encadrant, Ako comme à l'habitude, une étoffe rouge serrée sur la peau sombre du cou, cheminant sans hâte, le bâton posé à l'horizontale derrière la nuque, les poignets reposant sur les deux extrémités du long bout de bois, le petit Kizou bondissant à ses côtés, silhouettes familières et souriantes qui me serrent le cœur.

Et restent à distance.

— Qu'est-ce qu'ils font là-bas ?

— Ils nous suivent et nous regardent.

— Et Imi ? demandai-je après un temps d'arrêt.

— Elle fait que des bêtises. Elle bêle, elle va à

droite, elle va à gauche, elle fait la folle, répond-elle d'un air enjoué.

Un moment de silence.

— J'aimerais bien être avec eux, ajoute-t-elle tout bas.

Je fais comme si je n'avais pas entendu.

J'ai trouvé un arbre, pas très grand, qui peut faire l'affaire. Nous avons soif, plus que jamais, mais il ne reste pas grand-chose, l'outre est flasque. Nous mastiquons sans faim la viande séchée, raide et dure comme un morceau de cuir. La nuit est si claire qu'on se croirait en plein jour. La lune montre un globe presque entier, veiné de ridules grises, qui révèle les ondulations moelleuses de terres et de sables. Je tente de traire Chamelle. Sans trop y croire. Pourtant, dans un bruit de succion, la bête fait jaillir de ses mamelles quelques courts jets chauds qui s'écrasent contre les parois du seau en se chargeant d'écume. Cela ne dure pas longtemps mais il y a là un bon litre de lait lâché d'un coup. Cette aubaine me cause une telle joie que, sans réfléchir, je saisis les deux mains de Shasha, plantée debout à mon côté, les cheveux et les yeux parcourus des reflets scintillants de la nuit, et nous faisons un tour sur nous-mêmes, en riant sans bruit.

Puis, regardant le seau comme on lorgne une fortune inattendue, il me vient une idée. En saignant Chamelle, nous pouvons économiser ce lait et le peu d'eau restant pour tenir ainsi demain jusqu'au soir. Je sais que de nombreux éleveurs venus des

161

régions humides pratiquent cela sur leurs bœufs. Personne ne s'en est jamais trouvé mal. Ni les hommes, ni les bêtes. En revanche, la manœuvre est délicate, je n'ai jamais saigné une bête, je l'ai seulement vu faire une fois.

Je m'approche de Chamelle qui, baraquée, m'accueille par un grondement paisible. Shasha me rejoint et observe la scène en silence, abrutie de sommeil. La veine la plus aisée d'accès est au cou, là où je caresse le pelage soyeux. Mais elle risque de trop couler et, de surcroît, les poils gênent à cet endroit. On peut se tromper et toucher la gorge. Je fais dresser la bête en lui donnant trois petits coups secs sur le crâne avec mon bâton. Elle s'exécute en blatérant d'un air surpris. Au niveau des mamelles, la veine est grande mais aplatie. Je ne vois pas grand-chose là-dessous, tout est caché par l'ombre, c'est trop dangereux. Au final, il ne reste qu'une possibilité, la veine de la patte, sur laquelle on peut stopper l'hémorragie par un garrot. Je vais chercher mon couteau, une lame pointue, longue et effilée, enchâssée dans un manche de bois, et une courte sangle en cuir.

— Prends le seau. Il faut faire une petite opération au chameau, dis-je à Shasha.

J'enfonce un bâton très profondément dans le sol, y amarre fermement Chamelle qui, le cou serré, manifeste par un grondement continu une inquiétude croissante. Je lui fais plier le pied, et attache les deux parties du membre avec la cordelette, sans serrer, l'obligeant ainsi à garder l'antérieur fléchi, la patte tenue à bonne hauteur du sol. À ce stade, Chamelle, de plus en plus nerveuse, me montre ses longues canines en agitant sa gueule ouverte. Je passe la main sur sa peau, juste au-dessus de la sole, jusqu'à ce que je sente rouler sous mes doigts la rondeur élastique de la veine.

— Ne regarde pas. Mets bien le seau sous son pied, dis-je à la petite.

Et d'un coup sec, j'enfonce la pointe de la lame dans la peau. Le cuir est si épais que je dois m'y reprendre à plusieurs reprises. Chamelle pousse des cris furieux, se débat mais, solidement tenue, ne peut pas détaler. Épouvantée, Shasha a couru vers l'arbre, ses deux mains sur les oreilles à cause des hurlements stridents du chameau, la robe écrue et ses pieds roses avalés par les ombres. Le sang enfin se met à suinter en un filet maigre s'étirant sous la lumière, onde luisante s'écrasant en gouttes épaisses dans le seau avant de s'unifier en un écoulement vermeil, très lent. Chamelle a cessé de s'agiter. Elle considère le vide devant elle. D'une main, je masse fermement la patte, de l'autre, je lui flatte le flanc, sentant sous la peau la chair onduler et frémir comme une vague.

Mon idée était de lui prendre un litre environ. Mais le temps de trouver la bonne place pour le garrot et qu'il bloque la circulation, le seau est déjà rempli du double. Sur les plaies, j'applique alors de la terre mélangée à des plantes et serre le garrot. En douceur, je fais ensuite baraquer la chamelle. Je lui gratte longuement le cou pour la remercier. Elle me donne en retour deux ou trois coups secs de museau sous le bras. Je ne sais si elle m'a déjà pardonné ou me menace ainsi d'une formidable revanche. Je transvase le sang dans une outre pour que son aspect ne dégoûte pas la petite.

Shasha m'attend, accroupie contre l'arbre, les yeux grands ouverts, l'air terrifiée.

— J'avais peur toute seule, me dit-elle à voix basse.

Je la regarde, silencieux.

— Tu es méchant, tu as fait mal à Chamelle ! reprend-elle après un moment.

Je ne réponds pas, lui ordonne simplement de boire. Elle flaire l'outre, sent l'odeur épaisse, âcre et sucrée, détourne le visage, refuse net, y retourne pourtant, à cause de mon air sévère, et avale quelques petites gorgées. Elle s'arrête, reprend son souffle en poussant un soupir rauque. Puis vient mon tour, et je rencontre, les lèvres collées à l'embouchure de l'outre, le même bien-être traversé de nausées. Le liquide laisse un goût de métal et de matière, si prononcé qu'il est impossible de le consommer plus vite sans vomir. On se passe ainsi l'outre sans réussir, malgré la soif, à en vider plus de la moitié. Alors, le cœur au bord des lèvres, je m'allonge et la gamine se cale contre moi. Elle passe un long temps à examiner quelque chose, au loin, là-bas, près d'une petite élévation de terre. Ensuite, elle met sa petite tête sur mon ventre en regardant le ciel tiède, qui fourmille d'étoiles

comme un grand champ noir saupoudré de picote-
ments de lumière.

— Demain, Pouzzi, où vas-tu nous mener ?
demande-t-elle en chuchotant.

Je pose la main sur son front. Le silence est très
épais. Chaque parole résonne dans la pénombre. Je
pense à Mouna, aux enfants, et à nous deux allongés
sous cet arbre, seuls dans ces platitudes solitaires que
laque d'un blanc éteint le ciel illuminé. Comme la
veille avec Mouna, je sens que la mort, discrète et
paisible, s'est installée tout près et nous contemple.
Je frissonne. Je ressens pour la minuscule boule de
chair ronde et chaude serrée contre moi une tendresse
qui m'emplit la gorge d'air chaud.

— Je ne sais pas, Shasha.

— Loin, c'est sûr, dit-elle.

Elle dresse la tête, vérifie quelque chose, repose
son petit visage sur ma poitrine. N'y tenant plus, je
lui demande :

— C'est Imi que tu vois ?

— Oui. Ako et Kizou sont couchés là-bas avec
elle, répond-elle en pointant l'échancrure pâle et
vide d'une colline de sable. Maman est maintenant
avec eux.

Et, happée par les ombres, elle s'endort tout d'un
coup, me laissant seul, les yeux enfoncés dans les
lueurs étincelantes d'une nuit pétrifiée, la poitrine
soulevée par une houle continue de chagrin, sans
que j'ose faire le plus petit mouvement, de peur de
la réveiller.

10

Shasha s'affaire.

Je la contemple du coin de l'œil, sans un mot.

Le matin donne au paysage une teinte de lilas. On voit au loin le soleil se préparer à monter dans un vacarme de couleurs et de flammes. L'air est encore frais, il fait bon.

Nous sommes sur une petite élévation de terre. Derrière nous, le chemin décline en pente, on y aperçoit le sillon de nos pas qui s'y balance comme une corde sombre, irrégulière. Autour de nous, des étendues ambrées, parcourues de fines ondulations, ponctuées de rochers argentés et de grandes termitières.

Je me suis réveillé, inquiet, avant l'aurore. Je suis allé voir Chamelle. Sur la blessure noire et suintante de sa patte buvait un essaim de mouches. Elles se sont envolées à mon approche formant dans la pénombre un petit voile bourdonnant de suie. Chamelle était dans sa posture habituelle, baraquée, les deux membres antérieurs pliés, la tête haute. J'ai tapé avec mon bout de bois trois petits coups sur son crâne. Sans résultat. J'ai répété mon geste. Elle n'a pas bronché. J'ai fait claquer ma langue, gronder ma voix. Sans succès. Alors j'ai donné une grande tape sonore sur son flanc. Dressant son arrière-train, elle s'est immobilisée un instant ainsi, les antérieurs toujours pliés, avant de se décider enfin à déployer ses longues jambes, en blatérant d'un air las. Il m'a semblé qu'elle chancelait légèrement. Je l'ai obligée à se coucher, à se lever, puis à se coucher, à se relever encore, à se coucher. Cela m'a rassuré un peu. Je suis reparti m'allonger, attendant les premières lueurs du matin, Shasha endormie à mon côté.

La petite s'est éveillée sans un mot, sans me jeter un regard.

La voilà désormais qui vaque à des choses mystérieuses, occupée et résolue, sans se soucier de ma présence. Elle détache du chameau un sac où elle a ses affaires. Elle le vide entièrement, il n'y a pas grand-chose. Sur un morceau de tissu vieilli, bariolé de motifs sans éclat et posé sur le sol, elle place les objets. Du beurre de Chamelle dans un pot, une huile pour les cheveux, un petit récipient en verre, un collier de pierres roses, une poupée de chiffons, un peigne en corne dont il reste deux dents, un foulard au reflet de perle grise, puis sa robe rouge qu'elle garde pour le jour *où on arrivera*. Tout son bien est réuni là. Elle rabat les quatre coins du tissu bariolé, les noue, passe son bâton à travers. Puis se tournant vers moi :

— Toi, Pouzzi, tu vas continuer tout droit avec Chamelle, me dit-elle d'un ton de commandement, plantée sur ses jambes, les yeux brillants, la voix voilée de fatigue.

Je ne réponds pas. Je me suis adossé à l'arbre. Elle me montre du doigt la piste derrière elle, où nos pas ont laissé leurs marques grises.

— Moi, je pars par là.

Elle met le bâton sur son épaule, m'examine un court instant, tourne les talons en faisant s'envoler en toupie l'étoffe autour de ses mollets, entame la descente du chemin, ses petits cheveux frisottant dans l'air, parce qu'elle a oublié ses turbans. Je me mets debout, les os rompus. J'ai une forte douleur qui me barre la poitrine. J'observe la petite s'éloigner. Pieds nus, le bout de bois sur l'épaule, elle s'enfonce dans la terre sableuse comme dans une eau mordorée, sautillant d'une jambe sur l'autre. Je vois bien qu'elle est épuisée, elle doit prendre de grandes goulées d'air. Malgré tout, l'ombre minuscule et dansante fond lentement dans les solitudes de craie rose. Je m'essuie le front, déjà couvert de sueur. Cependant la petite tache écrue ralentit, hésite. S'immobilise un instant, poursuit encore quelque temps sa route, hésite à nouveau. Et s'arrête enfin, avant de fléchir et se tasser sur la piste en s'asseyant. Alors, sans hâte, je m'approche de Chamelle, lui passe le licol et la fais dresser. À pas très lents, je rejoins la fillette en obligeant Chamelle à se placer face à elle, puis à baraquer près de moi. Assise jambes croisées, harassée, Shasha considère le vide, les yeux hagards, un tout petit souffle de vent faisant frémir un des pans de la robe près du genou. Je m'accroupis face à elle.

— Tu allais où ? dis-je doucement.

— Par là. Je voulais aller par là, me répond-elle en levant et faisant retomber sa main devant elle.

— Tu voulais revoir tes frères étendus là-bas ?

Elle hésite un instant.

— Non. Je ne les aurais même pas regardés. Je serais passée à côté d'eux. Comme s'ils n'étaient pas là.

— Tu comptais aller où, alors ? dis-je, surpris.

Chamelle à nos côtés renifle bruyamment. Shasha la considère un instant, revient vers moi.

— Je voulais revenir au village. J'aurais marché sans m'arrêter. Je voulais revenir exactement d'où on est parti. Pour prévenir tout le monde... Imi, maman, Ako, Kizou. Et puis Ravil aussi. Tout le monde. Qu'il ne faut pas te suivre.

Je secoue la tête.

— Ça ne se passe pas comme ça.

— Bien sûr que si. Il faut mettre exactement les pieds là où nous avons nos traces. En sens inverse.

Je la prends dans mes bras. Sa chair chaude et molle s'abandonne contre moi. Elle est toute légère, elle a beaucoup maigri.

— Bien sûr que cela marche, persiste-t-elle d'une voix éteinte. Mais je suis trop fatiguée.

Je lui donne un peu à boire, noue quelques tissus autour de sa tête et son visage, ne laissant plus qu'une fente pour les yeux, l'amarre sur le cha- meau. Elle se laisse faire, pensive, se retourne à plusieurs reprises pour vérifier une présence. J'accroche au flanc de Chamelle son balluchon, et nous repartons sur la piste, dans le bon sens cette fois, au rythme amblé du chameau.

Tu as raison, Shasha. J'ai joué et perdu. Je vous ai entraînés dans un désastre, sans peut-être faire mieux que ceux du village partis dans un sud enragé de flammes. Tout au plus aurons-nous eu un traitement singulier de Dieu, sans doute une dernière leçon avant de disparaître. Je sens bien d'ailleurs que dans ce désert j'effleure des choses terriblement sacrées auxquelles je ne comprends rien. Car tout reste muet. Aucun signe, aucun répit. Rien que cette chaleur torride, cette soif féroce qui fend la bouche et fait bourdonner les tempes. Et des solitudes plates et vides. Les dunes se sont presque entièrement affaissées à l'est, tandis que les taches de végétation, herbes, arbustes, épineux, ont disparu à l'occident. La piste elle-même ne paraît plus creusée comme avant. Elle se délite en durcissant. Le soleil de midi frappe sans répit. Le muret de terre que nous avons longé pendant des jours s'est subitement écroulé. Ne restent que ces terres écrasées, et puis une termitière géante, une sorte de montagne d'argile rouge qui nous oblige à faire un très long mouvement de contournement. Quand on en trouve la fin, et que se montre le paysage immense et implacable, je comprends que tout est perdu.

C'est une étendue infinie de plâtre blanc. Elle est craquelée par l'aridité, creusée de minuscules fissures qui dessinent sur sa surface des fleurs noires. Rien ne bouge, rien ne crie. La piste est engloutie par cette mer blanche et dure, on devine quelques traces de pieds, de pattes et de pneus qui se dispersent à son aboutissement et disparaissent. Pas de puits, même pas une petite nappe d'eau. Le néant. Il n'y a plus de direction, toutes sont possibles, la terre semble flotter, irréelle et sans repère, comme un ciel de chaux vive. Au loin, les lignes d'horizon se brouillent à cause de la chaleur qui fume du sol en volutes transparentes.

— Oh ! s'exclame Shasha, sur un ton d'effroi découragé.

Pour la rassurer, je sors ma boussole cassée, fais mine de calculer notre position, pointe un doigt sur une route imaginaire vers l'est.

— Il faut aller par là.

Tenant Chamelle par la bride, j'oblique vers la droite. Le chameau tangue un court instant, semble chercher ses marques. L'air brûle comme au cœur d'un âtre. À travers les sandales, je sens le souffle cuisant du sol qui paraît chauffé à blanc. Que faire ? Revenir en arrière, c'est admettre qu'il n'y a plus d'espoir. Autant avancer encore. Ce qui semble insupportable au départ peut sans doute se tolérer. Le corps est un magicien qui s'acclimate à tout.

— Pouzzi, je ne veux plus continuer, se plaint

cependant la petite, assaillie de lumières en haut de la chamelle.

Je ne réponds pas. Chamelle s'est penchée, a voulu lécher le sol, menaçant de la faire tomber. Il doit y avoir du sel qui satine de blanc ce désert. Tout semble pétrifié par la chaleur et le silence. Nous passons près de troncs d'arbres secs dont les branches torturées, couleur de cendre froide, sont comme des cris figés. Et aussi près de carcasses de bêtes, aux os alignés en désordre et dont les crânes mordent le sol à pleines dents. Un vent soulève une brume infime de poussières et de sable. C'est la première fois qu'il y a un vrai vent depuis notre départ, libre et immense comme le décor, léger comme le souffle d'un enfant.

— Pouzzi, donne-moi un peu d'eau, quémande Shasha.

Nous faisons une brève halte, la fillette boit un peu du lait de la veille. Moi rien. Nous repartons au rythme de vieillard qui est désormais le mien. Je lorgne Chamelle de biais. Épuisés, certains dromadaires peuvent s'écrouler sans connaissance. Le nôtre est un peu flageolant, comme agité par une petite houle. Mais toujours debout. Quelques litres d'eau suffiraient à le remettre d'aplomb, j'en suis sûr. Je l'examine avec tendresse.

Tapent ses pattes sur le sol dans un bruit mat. Cela fait un martèlement sourd qui cogne contre l'épais silence de pierre. Shasha, écoute-moi. Tout part, tout fuit, tout meurt, nous disent ces pas. Frappe la lumière et grillent nos peaux. Shasha, écoute encore. La vie ici est nue. Elle cherche son contour en allant à l'ombre d'un soleil noir. Là où ce n'est déjà plus tout à fait la vie.

Je ne sais pas pourquoi tu es là.

Ma poitrine est toujours écrasée par une barre chaude de plomb. Le feu brûle aussi les pensées. J'ai l'esprit comme liquéfié. Je sens juste qu'il faut se rapprocher de cette gueule béante qui poudroie l'horizon de flammèches piquantes et dorées. Il faut y aller libre de tout, peut-être délivré de l'espoir lui-même, progresser au plus près de cette chaleur accablante, la défier une dernière fois, dans une infinie faiblesse, et accepter d'y mourir, alors infiniment puissant. J'ai cessé de boire. Je préfère laisser ce qui reste à la petite.

À l'horizon soudain se dresse la silhouette d'un homme sur son chameau. Elle me provoque un coup au cœur. Qui donc est venu comme nous se perdre dans ces solitudes désolées ? L'homme est distant, c'est juste une silhouette noire dans les lointains, marchant parallèlement et à la même vitesse que nous. Je le considère avec curiosité pendant un long moment. Il me ressemble si étrangement que l'on dirait mon reflet, mon double, flottant dans l'infini des sables. Parfois, son image se perd dans les brumes de chaleur, je le cherche des yeux. Il réapparaît après quelques moments, avançant du même pas tranquille, disparaît, réapparaît. Je ne sais quand nous nous croiserons. Chaque fois que je pousse vers lui, le hasard fait qu'il dérive aussi et l'éloignement reste à peu près le même. C'est une présence qui curieusement réconforte et fait trembler. Je comprends avec un frisson qu'il est venu à ma rencontre, lui aussi, de très loin. À un instant où la lumière découpe parfaitement son ombre à l'horizon, il m'adresse un grand salut, son bras levé traçant dans l'air un lent demi-cercle. Je stoppe Chamelle, m'écarte de sa masse gênante pour qu'il me voie de loin, et lui adresse la même salutation muette et vibrante.

Shasha éclate d'un rire soudain.

— Mais qu'est-ce que tu fais, Pouzzi ? dit-elle, sa voix aiguë s'échappant, un peu étouffée, des tissus qu'elle a autour du visage.

— Je salue l'homme là-bas, dis-je, surpris.

Elle se remet à glousser, les mains comprimant l'endroit des lèvres, pour les maintenir et qu'elles ne rompent pas.

— Il n'y a pas d'homme...

« Rien du tout, dit-elle encore, les épaules secouées de rires.

Je fais « Ah ». L'homme est pourtant toujours là, devant moi, très loin, je le vois si bien que je pourrais le dessiner.

Alors je ris aussi.

Nous n'arrivons pas à cesser de nous tenir les côtes ainsi, d'une manière convulsive. Ce rire de chaleur saoule l'esprit, gratte l'intérieur du ventre et coupe la respiration. Shasha en a eu assez du dromadaire, les fesses si douloureuses qu'elle poussait de petits cris à chaque balancement de la bête. Elle est venue marcher à mon côté, à tout petits pas. Je cherche, moi, un endroit pour mourir. Et nous continuons à rire tous deux, sa petite main bouillante dans la mienne, unis comme nous ne l'avons jamais été. Elle s'esclaffe si fort qu'elle a les yeux pleins de larmes. De temps en temps, nous nous arrêtons, pour reprendre notre respiration.

Une ombre, même petite, juste pour nous deux. Il n'y a rien, pas le plus petit abri. Ce silence sépulcral alourdit l'air et fait bourdonner les oreilles. Ma douleur dans la poitrine est parfois si forte que je suis obligé de m'arrêter en grimaçant. D'autres fois, je ne sens plus rien. J'ai conscience que, dès que je me laisserai tomber, je ne pourrai plus me relever. Mais les espaces restent plats et vides, d'une monotonie que rompent seulement les dépouilles de serpents morts, dont les ossements et les peau luisantes, desséchées comme des parchemins roulés, ressemblent à des colliers d'argent, sinueux et annelés.

— Tu sais où tu vas ? m'interroge-t-elle, épuisée, entre deux crises de rire.

— Oui, dis-je après un temps d'arrêt. On est sur la bonne route.

Nous rions à nouveau. Je ne sais pas si elle me croit. De toute façon, je dis une sorte de vérité. Chacun met ses pieds dans les marques de ceux qui l'ont précédé, et attribue à ce creusement répété une légitimité. En réalité, personne n'a la moindre idée d'où il dirige ses pas. Il marche voilà tout. Nous ne sommes pas plus égarés que quiconque, nous avons pris juste un peu d'avance. C'est tellement vrai que, si des hommes viennent derrière nous, ils suivront très exactement la piste que nous inventons sur ces étendues de plâtre blanc.

— Pourquoi m'as-tu amenée ici, Pouzzi ? me demande-t-elle encore.

Je ne peux pas répondre. C'est une énigme. À nouveau, des rires, si intenses que les poumons manquent d'air. Il faudrait au moins trouver l'ombre d'un arbre pour y périr doucement. Mais il n'y a toujours rien. Subitement Chamelle à mon côté s'arrête et baraque, sans que je lui aie rien ordonné.

— Ah ça, qu'est-ce qui lui prend ? dis-je, éberlué.

Shasha, qui s'est laissée tomber, les jambes allongées devant elle, repart dans une crise de rires mécaniques et épuisés.

Je tourne autour de la bête, fais claquer ma langue, lui donne des tapes sonores sur l'arrière-train. Elle ne bouge plus et me considère en mâchonnant. Cela dure longtemps, je lui crie dans l'oreille, je hurle. Elle ne veut rien savoir, et gronde d'un air buté. Je m'assois à mon tour, couvert de sueur, en plein désarroi. Le soleil carbonise ma peau, fait éclater mes lèvres, c'est une fournaise insupportable. Puis tout se brouille, un liquide amer dégorge au fond de ma bouche tandis qu'une douleur fulgurante me traverse la poitrine. Pendant un temps indéterminé, je perds conscience, les yeux grands ouverts sur un paysage tacheté de plages scintillantes où passe sans hâte la silhouette sombre et frémissante de l'inconnu sur son chameau. Je retrouve lentement mes esprits, la nuque sur le sable, la petite tête frisée de Shasha penchée sur moi.

— Faut pas dormir, Pouzzi.

Je hoche la tête, la douleur toujours persistante me barrant les côtes. Je me mets debout, vomis des glaires mousseuses.

— On va s'arrêter ici, dis-je d'une voix pâteuse, avec la sensation d'avoir tout le bas de la mâchoire serré dans un étau.

Le soleil guerroie avec la même intensité, le sol bouillant réfléchit une lumière blanche qui grille les yeux. C'est comme une grande nuit dans laquelle on ne voit plus rien. Je détache du flanc de Chamelle la toile roulée de la tente et les piquets de bois. Je trouve une grosse pierre. Mes mains tremblent, tout mon corps est secoué de petites trépidations. Malgré la fournaise, mes jambes et une partie du ventre sont glacées. Même la sueur qui me coule sur le visage et le long du dos est froide. J'enfonce quelques centimètres des piquets dans la surface dure, en tapant avec ce qui me reste de force. Shasha m'observe. Je ne vois, à travers la fente des tissus, que son regard. Il vacille et décroche par moments. J'ai peur qu'elle ne s'évanouisse. Je donne des coups redoublés. Un des piquets casse net. Les autres tiennent bon. Cela suffira. J'ai mis l'ouverture au nord. Nous nous engouffrons sous la tente. Il y fait déjà une chaleur abominable. Nous enlevons nos vêtements, les turbans. Nous nous étendons sur les nattes. Dormir enfin.

Je me suis bien battu. J'ai perdu pourtant. Les yeux mi-clos, je contemple le paysage vide et blanc, saupoudré d'étincelles lumineuses. Les contours sont flous. Une substance amère et chaude monte et descend entre l'estomac et ma gorge. Chamelle est à quelques mètres. Je ne l'ai même pas entravée, à quoi bon maintenant. Shasha, couchée près de moi, scrute avec inquiétude les étendues à la recherche de quelque chose. Puis, rassérénée, laisse flotter sur ses lèvres l'esquisse d'un sourire, cette moue particulière des enfants qui, dans les bras de leur mère, contemplent le monde sans peur, comme on considérerait un décor vertigineux, parfaitement sécurisé au sommet de quelque chose. Elle baigne comme moi dans sa sueur. Elle répand une petite odeur d'urine âcre. Nous restons un long temps ainsi, anéantis par la chaleur et la fatigue, incapables de parler. Je m'enfonce dans un demi-sommeil nauséeux. Puis, soudain, un grand bruit sourd de corps qui chute. Je sursaute, ouvre les yeux et découvre Chamelle. Elle a glissé sa tête sous la tente et l'a posée près de nous, son long cou contre le sol, en soufflant bruyamment. Je n'ai ni la force, ni l'envie de la chasser. Je lui gratte le haut du crâne. Ses yeux luisants, saillant sous la peau comme des fruits ronds, restent ouverts et pensifs.

Je ne l'ai jamais vue dans cette attitude de chien couché. Réveillée, Shasha considère la chamelle à côté d'elle d'un air vague, trop épuisée pour s'étonner.

— Shasha, j'ai mis près de toi l'eau et le lait. Là... l'outre près de toi. Tu peux boire quand tu veux.

Je claque des dents. Elle me dévisage et répond simplement :

— D'accord, Pouzzi.

Elle vient, malgré la chaleur, se coller contre moi, son petit bras autour de mon cou, le visage tourné vers l'ouverture béante et lumineuse, les yeux traversés d'ombres qui passent comme des spectres. Tandis que j'aperçois la silhouette de l'homme assis là-bas, qui nous scrute, muet et lointain, son chameau noir découpé par la lumière et baraqué à son côté, ses deux poings soutenant son visage dans une attitude de songe, j'aimerais dire à cette fillette minuscule, pelotonnée contre moi, au moment de nous quitter, une chose formidable et magnifique qu'elle puisse emporter avec elle. Je ne trouve rien. Alors, ne sachant trop quoi dire, je lui chuchote bêtement à l'oreille, dans un souffle :

— Je ne veux plus que tu m'appelles Pouzzi.

11

Je me suis réveillé dans un dispensaire. On m'a dit que j'étais resté trois jours dans le coma. On s'affairait autour de moi. J'étais étendu sur une sorte de planche, avec des tuyaux dans le bras et les narines. Shasha était assise sur un banc, ses pieds nus ballottant dans le vide, silencieuse et les yeux tout ronds. Les infirmiers l'appelaient le petit bout. L'un d'eux me dit que la fillette n'avait jamais voulu dormir avec les autres enfants, qu'elle ne voulait pas s'en aller de son banc, n'en démordait pas, et répétait à qui voulait l'entendre que j'étais la seule chose qui lui restait. Je m'étais rendormi. Plus tard, alors qu'on m'avait enlevé tous les tuyaux, on m'expliqua qu'une voiture de l'association nous avait repérés à cause de la tente. Installée en plein soleil et au milieu du désert blanc, on la voyait de très loin. On nous avait d'abord conduits dans un camp au nord. Comme j'étais dans le coma et que le cœur menaçait de lâcher, on m'avait transporté d'urgence – en roulant toute une journée et une grande partie de la nuit – jusqu'à ce campement, où il y avait un médecin et une infirmerie. Et le chameau ? On ne savait pas. On n'était pas au courant d'un chameau.

Les jours suivants, je me remis peu à peu. Nous restions toujours ensemble, Shasha et moi. On nous avait attribué une tente à côté du dispensaire, au cas où j'irais mal à nouveau. Nous ne la quittions pas. J'avais des jambes de coton, je vomissais beaucoup. Une fois par jour, on nous distribuait de l'eau et des rations de nourriture. Je cherchais quelqu'un qui puisse me donner des nouvelles de Chamelle. On me fit rencontrer l'un des sauveteurs. Il raconta nous avoir trouvés en piteux état. J'étais inanimé, la petite délirait et parlait toute seule à des ombres. La chamelle semblait à peu près d'aplomb. Ils ne pouvaient la prendre avec eux. Ils lui avaient donné toute l'eau qu'ils transportaient, environ une vingtaine de litres versés dans un seau. Elle avait tout bu en quelques minutes. Puis, au petit trot, s'en était allée. L'homme me dit pour me consoler que ces bêtes-là avaient un instinct qui les amenait vers les zones fraîches et les hommes. L'image de Chamelle trottinant dans les immensités, ses petites oreilles pointées vers les grandes collines de sable, dansait devant mes yeux.

Le camp était très grand. J'avais compris qu'il était tout au sud, c'est-à-dire à un point opposé du lieu où l'on nous avait découverts. Il y avait là beaucoup de réfugiés, sept ou huit mille environ. Tous les clans étaient massés là, l'endroit était dangereux. Au soir, on risquait de se faire égorger par des bandits ou par les familles ennemies. Nous nous tenions à l'écart, ne parlions à personne. Au bout d'une huitaine de jours, la première eau tomba, drue. Sur la toile de notre tente, cela ressemblait au piétinement ininterrompu de rongeurs. Chacun priait, genoux dans la boue, front tourné au nord, pour que cette pluie marque la fin de la sécheresse. Le lendemain, alors que, d'une main un peu tremblante, j'écrivais sur mon cahier, Shasha vint me chercher, courant, tout excitée, pour me dire qu'elle avait vu Ravil. Oui, Ravil, quelque part, là-bas. Et elle montrait un endroit assez vague d'où montaient des fumées. J'ai quitté précipitamment la tente. Nous avons erré toute la journée traversant et retraversant le camp et ses milliers d'abris, de long en large, dans tous les sens. Je haletais, la respiration courte. Aucune trace de Ravil.

— Je l'ai vu, répétait Shasha, ses grands yeux noirs sur moi.

En fin de journée, découragé, je lui ai demandé si elle se souvenait de quelque chose d'autre. Elle me répondit que non, en secouant la tête. Juste que Ravil avait l'air gai. Et qu'il faisait courir Imi à ses côtés. Je scrutai longuement la fillette dont les yeux laissaient passer des ombres. Et je revins vers la tente, la petite pogne chaude de l'enfant dans la mienne.

La pluie n'avait pas cessé depuis quatre jours. Des familles entières abandonnaient le lieu pour retourner dans les villages. Le camp était infesté d'une odeur soudaine de pourriture. De sales maladies traînaient. Il fallait partir mais je ne savais où aller. Je n'avais plus de bien, plus rien. L'idée de revenir dans un village fantôme ne me disait rien qui vaille. Il valait mieux tout reconstruire à nouveau. Ailleurs.

J'en étais là de mes réflexions, une fin d'après-midi, assis sur un petit cageot en bois devant la tente, quand une ombre derrière moi mit la main sur mon épaule. C'était mon voisin Dukka, l'ami, le frère qui s'était vainement opposé à mon départ vers l'est, et que je croyais mort depuis longtemps. Nous sommes tombés dans les bras l'un de l'autre. Il me demanda où étaient Mouna, Assambô et sa femme, les enfants, tandis qu'il s'installait face à moi, sur une autre caisse. Vibrant, je lui racontai ce qu'avait été notre voyage. Il m'écouta longuement, une drôle de lueur s'allumant dans ses yeux à mesure que je parlais. Puis je me tus, n'osant prendre des nouvelles de ceux du village, que je supposais tous disparus.

Il me considéra, sans un mot. Puis il se mit soudain à m'apostropher, d'un ton bas, contenu.

— Tous les habitants du village sont ici, Rahne. Un peu à l'écart du camp. Sains et saufs. Tu as pris la mauvaise route. Il fallait aller au sud. Tu t'es cru plus intelligent que nous. À supposer même que tu aies eu raison, Rahne, ton devoir aurait été de te tromper avec tout le monde. Dans la misère, l'homme isolé est toujours perdant. Quelque voie qu'il prenne.

J'écoutais cette voix douce, tendue d'une grande colère. Je n'entendais que ces mots : tu as pris la mauvaise route. Autour de nous, désœuvrés, certains regardaient la scène avec curiosité.

Vêtue de sa robe rouge, fière de ce petit attroupement, Shasha allait d'une personne à l'autre, d'un pas dansant, en disant, sur un ton d'explication :

— C'est mon Pouzzi. Il pleure parce qu'il a perdu sa Chamelle.

Marc Durin-Valois
dans Le Livre de Poche

Le diable est dans les détails n° 30336

« Je suis accompagnateur. En soi, cela ne veut rien dire.
L'appellation est même fausse. Je ne vais jamais au bout de
la route avec mes clients. » Ainsi s'exprime le bénévole qui
accueille Alexandra aux Sources, un établissement de soins
palliatifs. Avec le soutien de cet homme énigmatique, la
jeune femme va tenter de résister aux trahisons des intimes
et à la raideur glacée du monde médical.

L'Empire des solitudes n° 15549

Chassé du trône par la révolte de son peuple, le prince
El-Khô a trouvé refuge dans le palais de sa jeunesse, au fond
du désert. Autour de lui, une favorite, un ministre, un servi-
teur muet et des soldats. Parmi eux, un traître décidé à
l'éliminer. Quel est-il ? Sept chapitres, sept journées, sept
personnages assiégés par la mort.

Noir prophète n° 30627

Quel mal étrange s'est emparé de l'Ouganda ? Juwna, un
prédicateur au charme christique, parcourt le pays et agite
les foules. Mais la bouillante Afrique est habituée au pire.
Les puissants demeurent indifférents. Seul Frédéric, un
agent de renseignements français, s'intéresse à l'affaire.

Composition réalisée par NORD COMPO

Achevé d'imprimer en novembre 2009 en France sur Presse Offset par
Maury-Imprimeur - 45330 Malesherbes
N° d'imprimeur : 151231
Dépôt légal 1re publication : novembre 2004
Édition 05 - novembre 2009
LIBRAIRIE GÉNÉRALE FRANÇAISE - 31, rue de Fleurus - 75278 Paris Cedex 06